Karsten Zeising

Freitag, der 13.

skurrile und amüsante Kurzgeschichten

Der Autor ist verheiratet, Vater einer Tochter und eines Sohnes, und lebt in Lenggries, Oberbayern.

Inhalt

für Irma, meiner besten Kritikerin,
und Ramses

Der Traum

by Tom Zeising

Traurig starrte der Junge in den Himmel. Er kaute an einem Grashalm, hatte die Arme unter dem Kopf verschränkt und dachte an die Klassenfahrt, an die er nicht teilnehmen konnte. Irgendwo klopfte ein Specht monoton an einem trockenen Ast herum.

Plötzlich vernahm Leo ganz nah an seinem Ohr eine Stimme. Erschrocken richtete er sich auf. Was war das? Hatte er geträumt?

Leo sah sich um, doch er konnte niemanden entdecken. Er wollte sich gerade wieder niederlegen und abermals den Wolken am Frühlingshimmel zuschauen, wie sie phantasievolle Gebilde zauberten, als er abermals diese Stimme hörte.

„Ich stehe neben dir, mein Junge. Du musst nur genau hinschauen."

Leo richtete sich wieder auf und blickte um sich.

Das war doch nicht möglich! Jetzt erst erkannte er den winzigen Zwerg, der neben ihm auf der Wiese stand, kaum größer als ein Finger. Er verneigte sich vor ihm, als sei er jemand besonderes, zückte dabei den langen gelben Hut und setzte ihn wieder auf. „Du bist Leo. Der Leo, der als einziger aus der Klasse nicht ins Ferienlager mitfahren kann..." Der Zwerg seufzte und sah den Jungen mitleidig an. „Und deshalb liegst du hier herum auf meiner Wiese und bist traurig, stimmts?"

Woher wusste das der Zwerg? Natürlich wäre er gern mitgefahren, aber seine Mutter, mit der er allein lebte, konnte nicht soviel Geld zusammenbringen.

„Ich kann dir helfen." Der Zwerg ließ sich neben ihm im Gras nieder und fächelte sich mit dem Hut Luft zu. „Du musst nur die richtige Entscheidung treffen."

Leo nickte, denn er wusste aus Geschichten, dass Zwerge wundersame Dinge verrichten konnten.

„Na gut", willigte er ein.

„Also", begann der Kobold. „Es sind zwei Dinge, von denen du dir nur eines aussuchen darfst." Er zeigte auf ein kleines Säckchen, das plötzlich neben dem Jungen im Gras lag. „Darin ist soviel Geld, dass du auch die nächsten Ausflüge mit deiner Klasse unternehmen kannst."

Leo wollte die Hand danach ausstrecken, doch seine Stimme hielt ihn zurück.

„Halt! Jetzt noch das zweite Angebot. In diesem Säckchen hier..." Er hielt ihm ein anderes entgegen, „befindet sich so viel Gesundheit, dass ihr euch niemals wieder darüber Sorgen machen müsst."

Er musterte mit zusammengekniffenen Augen den Jungen.

„Und -?"

Leo überlegte. Was hatte er davon, wenn er mit seiner Klasse auf Reisen gehen konnte und seine Mutter lag zu Hause krank danieder? Oder er hatte Fieber und lag im Ferienlager im Bett? Da nützte auch das viele Geld nichts.

„Ach, lass mal. Gib mir das Beutelchen mit der Gesundheit. Darüber wird sich meine Mutter am meisten freuen."

Der Zwerg nickte vergnügt, zückte wieder seinen Hut vom Kopf, reichte ihm das Säckchen und war so plötzlich verschwunden, wie es aufgetaucht war.

Leo erschrak. Ein Tropfen war ihm auf die Stirn gefallen. Irritiert richtete er sich auf. Er war eingeschlafen. Über ihn hatten sich dunkle Wolken aufgetürmt. Es war nur noch eine Frage der Zeit bis es regnen würde.

Für einen Moment fiel ihm der Traum ein und gleichzeitig auch der Grund, warum er die Stille gesucht hatte. Er konnte nicht mit auf Klassenfahrt...

„Gut, dass du kommst", empfing ihn die Mutter, kaum dass Leo die Tür hinter sich geschlossen hatte. „Ich war heute beim Arzt. Die Krebsvorsorgeuntersuchung hat ergeben, dass alles in Ordnung ist."

Sie lachte ihn an. „Und noch eine Überraschung. Herr Kiesling, dem du letzte Woche beim Renovieren geholfen hast, hat mir das hier gegeben. Es ist für dich." Sie reichte ihm einen offenen Briefumschlag. „Das Geld kannst du in dein Sparschwein tun, meint er..."

„Oder für die Klassenfahrt", jubelte Leo und warf sich seiner Mutter an den Hals. Für den Bruchteil einer Sekunde fiel ihm wieder der Zwerg ein. Der Zwerg mit den zwei Fragen...

Ach, diese Männer!

Sie sah den Kleinen auf dem Gehweg laufen, barfuss, und nur mit einem Jogginganzug bekleidet – und das Anfang April! Der Feierabendverkehr dröhnte und stank auf der Hauptverkehrsstraße.

Ängstlich drückte sich der etwa zweijährige Knirps an die Häuserfront.

Petra war klar, dass er hier allein umherirrte. Schnell lief sie zu ihm hin, hockte sich vor ihm nieder und strich über sein blondes Haar.

„Wo kommst du denn her?"

Der Junge sah sie verstört an und wies mit dem Ärmchen in eine unbestimmte Richtung. Erst jetzt bemerkte sie, dass er zwischen den Beinen nass war.

„Komm mit, ich bringe dich erst einmal ins Warme."

Es war ziemlich kalt um diese Jahreszeit.

Sie hob ihn auf ihren Arm, redete beruhigend auf ihn ein und trug ihn zur nächsten Polizeiwache. Betriebsamkeit und Wärme empfing sie. Beim ersten Blick konnte wohl niemand der Anwesenden feststellen, aus welchem Grund sie erschien. Nur die nackten Füße des Kindes ließen einen älteren Beamten hinter seinem Schreibtisch die Stirn runzeln. Er rückte sich die Brille zurecht.

„Kann ich ihnen helfen?"

Petra nickte, setzte den Kleinen auf einen Stuhl und legte ihre Handtasche ab.

„Der Kleine irrte auf der Straße herum", sagte sie. „Ich weiß nicht, wo er wohnt."

Sie umfasste mit ihren Händen die kalten Füße des Jungen und versuchte sie so etwas zu wärmen. „Hauptsache er bekommt keine Lungenentzündung."

Der Mann beugte sich zu dem Findelkind hinunter und fuhr mit der behaarten Hand über seinen Schopf. Das Kind begann laut zu greinen.

„Mami, Mami!"

Hubert stand auf und verzog nachdenklich die Augenbrauen.

„Ich komme gleich wieder, Moment bitte", meinte er schließlich. „Da ist es wohl besser, wenn ich meine Kollegin hole."

Nach ein paar Minuten kam er mit einer uniformierten hübschen Beamtin zurück.

„Geben sie uns doch bitte noch ihre Anschrift", sagte sie zu Petra. „Es ist nur reine Formsache."

„Und was geschieht jetzt mit dem Kind?" wollte Petra wissen. Irgendwie wollte sie nicht von ihm ablassen.

„Wir behalten es erst einmal so lange hier, bis sich jemand meldet", antwortete die Frau und begann liebevoll dem Kleinen die Hose auszuziehen. „Bis jetzt hat sich immer jemand gemeldet."

Sie nahm den Jungen mit in den Aufenthaltsraum.

Susanne hatte selbst ein Mädchen, ungefähr im gleichen Alter.

Als sie ihm eine neue Windel anzog, hörte es auf zu weinen. Zum Glück hatte sie noch eine dabei. Wenn sie nachmittags Sabine aus der Kinderkrippe abholte, nahm sie zur Sicherheit immer eine mit.

Susanne hing die feuchte Hose über die Heizung und gab dem Jungen etwas zum Spielen: einen Klammeraffen, der sonst über der Schreibtischlampe saß, einen Schreibblock und Buntstifte.

Hubert hatte in der Zwischenzeit eine Suchmeldung an alle Streifenwagen durchgegeben, die sich in der Nähe der Stelle befanden, wo der Junge aufgegriffen worden war.

Doch bis zum späten Abend meldete sich niemand, und so blieb Susanne nichts weiter übrig, als den Behördenweg einzuschlagen und den Kleinen im städtischen Kinderheim abzugeben.

Sie tat es ungern. Am liebsten hätte sie ihn mit zu Sabine genommen, und wenn es nur für einen Tag gewesen wäre.

Am nächsten Tag konnte sie es kaum abwarten zur Dienststelle zu kommen. Ob sich endlich die Mutter gemeldet hatte? Susanne konnte nicht begreifen, wie man so lange sein eigenes Kind nicht vermissen konnte.

Zwei Männer standen in der Dienststelle, ein jüngerer und ein älterer, der bestimmt sein Vater war.

Hubert, mit dem sie am Vortag das Kind aufgenommen hatte, saß auf seinem Schemel und schüttelte lächelnd den Kopf.

„Komm!" rief er Susanne zu, als sie eintrat. „Damit hätte ich niemals gerechnet."

Sie verstand nichts.

„Mit was hättest du nie gerechnet? Das ich heute nicht zur Arbeit komme?"

„Nein, nein!"

Er lachte und deutete auf die zwei Männer, die sich vielsagende Blicke zuwarfen und nun wie Raubtiere im Käfig auf und ab liefen.

Sie vernahm, wie einer dem anderen zuzischte: „Und dass du nichts Maria erzählst!"

„Was ist nun?" wollte Susanne wissen. „Haben sich denn die Eltern des Kleinen endlich eingefunden?"

„Ja", antwortete Hubert genüsslich.

„Das wurde aber auch langsam Zeit", meinte sie scharfzüngig.

Hubert wies mit dem Kopf auf die Männer.

„Da sind sie."

„Der..., die Väter?"

„Der Vater und der Großvater."

„Und die Mutter?" fragte sie.

„Die liegt im Krankenhaus. Sie ist gestern Nachmittag im hochschwangeren Zustand in die Klinik gebracht worden, und der Großvater hatte seinen Sohn gefragt, ob er den Kleinen bei seiner Nachbarin zum Übernachten abgeben kann", versuchte Hubert zu erklären.

„Warum das denn?"

„Die Zwei mussten zum Nachtdienst in ihre Firma. Nur hat ihn der Sohn so verstanden, dass er den Kleinen zur Nachbarin bringen wollte und nicht er selbst.

Der Junge schlief währenddessen auf seinem Kindersofa ein, die Männer gingen nacheinander aus dem Haus, und unser Ausreißer erwachte irgendwann, öffnete, als er niemanden mehr in der Wohnung vorfand, die Wohnungstür und marschierte schnurstracks auf die Straße."

Susanne war überrascht und musste nun ebenfalls lächeln. Sie konnte es sich nicht verkneifen und rief über Huberts Schreibtisch hinweg zu den Mannsbildern, die noch immer aufgelöst miteinander diskutierten: „Nein, diese Männer!"

Die zwei blieben stehen, und zum ersten Mal an diesem Tag hatten sie wieder einen Grund zum Lachen.

Verrücktes Hühnervolk

Es war einer der letzten schönen Spätsommertage; die Luft war erfüllt und gesättigt vom Duft der Erde, die von den frisch gepflügten Äckern herüberwehte, vermischt mit dem modrigen Geruch, der aus dem nahe gelegenen Wald strömte und der den Beginn des Herbstes anzeigte.

Einige junge Schwalben, die wohl den Anschluss zu ihrer großen Reise Richtung Süden verpasst hatten, putzten auf den Stromleitungen noch einmal ihr Gefieder und segelten dann gekonnt zu den geöffneten Türen der Ställe, aus denen die Ausdünstungen der Tiere bis zu den drei Jungen wabberten, die wie Indianer geduckt hinter dem Zaun hockten, geschützt hinter dichten Brombeerhecken, und gebannt zu dem Gehöft von Erna Krummbiegel starrten.

„Und wenn sie uns erwischt?" fragte abermals Maik, ohne seine beiden Freunde anzusehen. Jens winkte ab. Er war der Größte von ihnen.

„Psst, sie kommt!" Seppi, der eigentlich Sebastian hieß, hatte die Frau zuerst gesehen. Erna Krummbiegel schlurfte gebückt über den Hof und wurde sofort von ihren Hühnern umringt, die sie mit unverständlichen Worten versuchte vor ihren Füßen wegzuscheuchen. Sie werkelte mit zwei alten verbeulten Eimern umher, vermengte Körner und Essenreste in ihnen, verschloss sie schließlich in der Futterkammer und watschelte wieder ins Haus.

„Los, jetzt!" rief Jens leise.

Die drei Jungen griffen in die Tüte, die neben ihnen lag und warfen schwungvoll die nassen

Brotklumpen über den Zaun. Die Hühner, die zuerst auseinander stoben, rannten nun doch neugierig geworden zurück und begannen mit Eifer das getränkte Brot aufzupicken, bis nichts mehr davon übrig blieb.

„Es dauert nicht lange", flüsterte Jens, „dann lacht ihr euch tot."

Gebannt beobachteten sie was weiter passierte.

„Da!" zischte Maik und nickte mit dem Kopf zu eines der Hühner, das merkwürdig gackerte und immer öfter zu Boden fiel, geradeso, als stolperte es fortwährend. Auch die anderen Hühner vollführten nun absonderliche Bewegungen, verrenkten ihre Köpfe, als liefen eine Unmenge Hähne an ihnen vorbei, fielen ohne ersichtlichen Grund zu Boden, und es dauerte nicht lange, da konnte kein einziges mehr laufen oder stehen. Die Hühner rekelten sich gerade da, wo sie umgefallen waren, drehten sich mit ihren Flügeln im Kreis, als wollten sie tanzen, kratzten mit den Füßen den Boden auf und blieben schließlich still und reglos liegen

Erst als sich kein einziges Tier mehr rührte, bekamen es die Kinder mit der Angst zu tun.

„Das hast du nun davon", jammerte Seppi und warf einen vorwurfsvollen Blick zu Jens, der nun ebenfalls betroffen schien. „Du hast zuviel Schnaps hinein geschüttet!"

„Oder er war zu stark!" meinte Maik und sah böse zu Jens hin, der immer kleinlauter wurde. „Und wenn sie nun tot sind, eine Alkoholvergiftung haben? Was dann?"

„Wir hauen ab, bevor sie uns sieht!" entschied Jens plötzlich und wurde von panischer Angst ergriffen. Ohne noch weiter zu überlegen stahlen sich die Jungen davon, genauso heimlich und ungesehen, wie sie zuvor hierher gekommen waren. –

Erna kam wie jeden Abend zur gleichen Zeit heraus, um die Klappe des Hühnerstalls zu schließen. Das tat sie seit ihrer Jugend, denn so lange bewirtschaftete sie schon den Hof. Ihr kam es natürlich nicht in den Sinn, dass etwas nicht in Ordnung war. Warum auch? Die Sonne war schon fast hinter den Baumkronen des Waldes versunken, Dämmerung lag über dem Dorf, und die Zeit also, wo wohl alle Hühner dieser Welt ihre Ställe aufsuchten, ihre Sitzstangen gegen die Nachbarn verteidigen, sich noch einmal strecken, um schließlich mit dem Kopf unter den Flügeln zu schlafen. Wie jede Nacht. Doch diese Nacht sollte anders werden.

Erna Krummbiegel jedenfalls schlappte an den Hühnern vorbei, die reglos neben dem Zaun auf der Erde lagen, und man muss es ihr nachsehen, dass sie achtlos an ihnen vorüber lief. So gut konnte sie mit dreiundachtzig Jahren wahrlich nicht mehr sehen.

Wie immer, bevor sie die Klappe verschloss, warf sie einen kurzen Blick zu den Sitzstangen und wollte dann die Tür verschließen. Da stutzte sie. Nochmals schob sie die Tür auf, nun aber mit kräftigerem Schwung, suchte mit der Hand den Lichtschalter und schloss geblendet die Augen.

„Na..., was ist..., wo seid ihr denn?"   Irritiert äugte sie in den leeren Stall hinein und wandte sich um.   „Ihr werdet doch wohl nicht draußen auf dem Acker sein und das Loch im Zaun nicht mehr wieder finden, was?"   Sie starrte zum Zaun hin. Irgendwo dort in der Dämmerung vermutete sie ihre Hühner. Erna schlurfte über den Hof und stieß einen heiseren Schrei aus.

„Mein Gott! Was ist denn mit euch los?"

Sie stand wie gelähmt vor den Vögeln, außerstande einen klaren Gedanken fassen zu können, und beugte sich zu ihnen nieder. „Mein Gott..."

Behutsam streichelte sie über eines der Hühner, tippte es etwas kräftiger an und war dann sicher, dass sie tot waren. Lautlos kullerten die Tränen über ihr zerfurchtes Gesicht. Immer wieder schüttelte die alte Frau ihren Kopf und konnte nicht begreifen, wie böse und ungerecht diese Welt doch war.

„Wer kann einer alten Frau nur so etwas antun?" fragte sie die reglosen Hühner. Schließlich überwand sie sich, griff jeden Vogel am Bein und trug sie hinüber zum Tisch, der vor dem Stall stand. Wenigstens die Federn wollte sie noch verwerten, so Leid es ihr auch tat.

So setzte sich Erna Krummbiegel auf den alten fleckigen Stuhl, nahm sich ein Huhn nach dem anderen auf die Knien, rupfte ihnen die Federn heraus, wie sie es schon seit frühester Kindheit machte, und wischte sich zwischendurch mit dem Handrücken die Tränen aus dem Gesicht.

„Wer macht nur so was?" Erna Krummbiegel stand nun mit der Welt auf Kriegsfuß. Doch sosehr sie auch nachsann, wer ihr diese Schmach antun konnte, sie traute es niemanden aus der Nachbarschaft zu.

Sie legte den letzten nackten Vogel vorsichtig in die Schubkarre, stellte den Eimer mit den Federn in den Stall hinein und schob langsam und bedächtig, wie der Gang zu einer Beerdigung, die Schubkarre zum Waldrand hin. Dort hatte einer der Bauern eine kleine Grube ausgehoben, damit sie ihre Abfälle aus dem Garten hinbringen konnte. Später, wenn sie aufgefüllt war, schob der Bauer mit seinem Traktor Erde darüber.

Vorsichtig legte die alte Frau die Vögel auf verwelktes Laub und Karottenkraut, das sie erst heute hineingeschüttet hatte, blieb noch eine Weile davor stehen und schniefte mehrmals durch die Nase.

Dann wischte sie sich die Augen trocken und trottete mit der Schubkarre zurück.

Eines wusste sie genau: Neue Hühner würde sie sich nicht mehr anschaffen. Es waren die letzten Tiere auf dem Hof gewesen, sie hatten treu ihre Eier gelegt und sie hätten ein wahrlich gutes Leben geführt, ohne Angst zu haben, jemals in einem ihrer Kochtöpfe zu landen.

Doch nun war es zu spät.

Es war keine gute Nacht, die Erna Krummbiegel verbrachte. Trotz des abendlichen Glases Wein schlief sie schlecht, wälzte sich von einer Seite auf die andere und träumte von ihren geliebten Hühnern. Sie hörte sie sogar im Traum, und als sie die Augen öffnete, war das Gackern immer noch da. Vor dem Fenster ging gerade die Sonne auf.

Noch heute gehe ich zu Dr. Seifert, nahm sich die alte Frau vor. Denn sie war sicher: Wenn sie schon das Gackern hörte, obwohl sie nicht mehr schlief, dann war da etwas nicht in Ordnung mit ihr.

Ihr erster Gedanke war den Hühnerstall aufzusperren. Doch sie blieb liegen. Sie hatte ja keine Hühner mehr.

Aber dieses Gackern... Sie hörte es deutlich! Es kam geradewegs vom Hühnerstall.

Sie setzte sich langsam im Bett auf, suchte mit ihren Füßen nach den Pantoffeln, warf sich den Bademantel um und schlurfte ganz langsam zum Fenster.

Das, was sie da sah, verschlug ihr fast die Sprache. Vor der verschlossenen Stalltür standen eine handvoll nackter Hühner, noch etwas kraftlos auf ihren Beinen wankend, starrten verstört auf die Tür und gackerten dabei unaufhörlich.

„Jesus und Maria!" keuchte Erna bei diesem Anblick und fasste sich mit den Händen an den Kopf. „Sie sind auferstanden."

Mit zitternden Knien schlappte sie zum Hof hinaus und nahm sich vor, gleich heute noch zu Pfarrer Hinz zu gehen. Mit ihm musste sie darüber sprechen. Denn wenn schon der Herr auferstanden war, konnten es dann nicht auch Hühner?

Mit diesen Gedanken wurde sie von ihren geliebten Vögeln empfangen, und mit freudigen Herzen öffnete sie ihnen den Stall.

Ungewöhnliche Hilfe

Ich konnte mich nicht daran erinnern, jemals solch einen strengen Winter erlebt zu haben. Tagelang schien die Sonne und die Temperaturen sanken bis Minus zwanzig Grad. Nur der Schnee ließ auf sich warten.

Also: Das ideale Wetter zum Schlittschuh laufen.

So parkte ich meinen Wagen in der Nähe einer Imbissbude, hing mir die Schlittschuhe über die Schulter und lief die wenigen Meter bis zum See hinunter, der schon eine dicke Eisdecke trug.

Ein paar Kinder tummelten sich schon auf dem See und spielten Hockey.

Etwas unsicher wagte ich mich aufs Eis, wurde allmählich sicherer und lief so lange, bis ich erschöpft innehielt.

Für die Heimkehr wählte ich einen anderen Weg zum Ufer, der mir kürzer erschien, und stakte durch das Röhricht.

Erschrocken vernahm ich ein glockenhelles lautes Knallen unter mir; ein riesiger Riss hatte sich in der Eisdecke gebildet.

Ich beeilte mich, stolzierte wie ein Storch durch den Schilfwald und hatte nur noch wenige Meter bis zum Ufer, als ich die Luftblasen unter meinen Füßen gewahr. Doch in dem Moment brach ich auch schon bis zu den Knien im Wasser ein.

„So ein Mist!" schimpfte ich laut.

Die Kinder hinter mir lachten im gehörigen Abstand.

Mühsam, mit voll gesogenen Schuhen und den schweren Schlittschuhen an den Füßen, stampfte ich wie ein Elefant zum Ufer.

Kaum hatte ich festen Boden unter mir, befreite ich mich von den Schlittschuhen und beeilte mich ins wärmende Auto zu kommen.

Ich begann schon zu frieren

Mit fliegenden Händen kramte ich nach dem Wagenschlüssel in meinen Hosentaschen, fluchte dabei leise und wollte ihn ins Schloss schieben. Doch sosehr ich mich auch bemühte, es gelang mir nicht.

Ärgerlich warf ich die Schlittschuhe zu Boden, hockte mich vor die Autotür und versuchte wieder mein Glück. Doch es nützte nichts. Das Schloss war festgefroren.

Ich begann nach meinem Feuerzeug zu suchen; doch zu meinem Leidwesen war es der siebende Tag, den ich nicht mehr rauchte. So versuchte ich es auf andere Weise und blies an das Schloss.

Doch auch das brachte keinen Erfolg.

Die nasse Hose wurde immer steifer und ich spürte schon gar nicht mehr meine taub gefrorenen Füße.

Schließlich kam ich auf die Idee, meine Zunge dagegenzuhalten. Sie war warm und konnte vielleicht das Türschloss auftauen. Doch kaum hielt ich sie an das eisige Metall, merkte ich auch schon dieses eigenartige Kleben.

Es war zu spät.

Ich kam nicht mehr los, sosehr ich mich auch anstrengte.

In gebückter Haltung versuchte ich mich von der Tür zu befreien, doch vergebens. Meine Zunge war festgefroren.

Wenn ich doch wenigstens um Hilfe rufen könnte!

Hinter mir hörte ich Schritte, allerdings war es mir unmöglich mich umzudrehen.

„Häh, häääh – hää!" versuchte ich die Aufmerksamkeit auf mich zu lenken.

„Der hat aber einen zur Brust genommen", vernahm ich eine Männerstimme.

„Erst lassen sie sich vollaufen und dann speien sie noch an ihr Auto!" erwiderte eine Frau.

„Hauptsache der setzt sich nicht mehr hinters Steuer."

Ich hörte, wie sie sich entfernten.

„Häh, häh – hääh!" blökte ich in der Hoffnung, jemand erkannte meine missliche Lage. Mein Rücken begann zu schmerzen, denn ich konnte weder richtig stehen noch mich auf den Boden knien.

„Na sieh dir den mal an!" quakte nach einer Weile eine Jungenstimme im Stimmbruchalter. „Der Onkel will wohl das Schloss auftauen und weiß nicht, dass man da festfrieren kann."

Ein anderer lachte.

„Hääh!" plärrte ich, doch die Jungen schienen schon weitergegangen zu sein. Verdammt! Was sollte ich nur machen? Alles tat mir weh: die Zunge, der Rücken, die Füße und die Beine – und ich fror.

„Na Kumpel, brauchst du Hilfe?"

Eine alkoholisierte Stimme war es die mich fragte.

Es musste ein älterer Mann sein.

„Häh, hähh", hauchte ich kraftlos.

„Festgefroren, was?" stellte er fachmännisch fest. „Warte, ich..., ich werde dir helfen."

Noch bevor ich mich versah, spürte ich etwas warmes Weiches vor meinem Mund – und die Zunge löste sich.

Ächzend erhob ich mich und drückte meinen Rücken durch.

Wie gut das tat!

„Die ist sowieso nicht zu genießen", meinte mein Retter, als sei es das Normalste auf der Welt jemanden abzutauen.

Erst jetzt sah ich, was er in der Hand hielt.

„Wenn du willst kannst du sie haben."

Der alte Mann streckte mir eine Boulette vor die Nase. „Aber wie schon gesagt, genießen kann man die nicht."

Ungeschickt warf er sie zur Seite und torkelte zurück zum Imbissstand.

„Danke vielmals", murmelte ich fassungslos hinter ihm her. Meine Zunge war noch etwas taub.

Ich hob den Autoschlüssel vom Boden auf, wischte den Rest der Boulette vom Schloss und öffnete die Tür.

Wenn ich diese Geschichte irgendeinem erzähle – das glaubt mir kein Mensch, dachte ich, als ich losfuhr und sah noch einmal hinüber zum Imbissbude, wo der alte Mann mit einem Becher Glühwein stand und gedankenverloren auf den See hinausstarrte.

Der Drogenkurier

Konrad freute sich aufs Zuhause; endlich waren die Strapazen dieser Dienstreise vorbei: Zwei Wochen New York, von einer Besprechung in die andere hetzen, Termine einhalten...

Bald würde er bei Inge sein.

Der Gong ertönte und die Anschnallzeichen über ihm leuchteten auf. Die Maschine begann mit dem Landeanflug.

Etwas schwindlig war ihm, und er brachte dies mit der zunehmenden Verringerung der Flughöhe zusammen. Sein Herz begann schneller zu schlagen, ja, es raste plötzlich.

Konrad fasste an seinen Hemdkragen, um den obersten Knopf zu öffnen...

Lautlos sank sein Kopf zur Seite.

Als er die Augen aufschlug stierte er im ersten Moment geradeaus. Über sich erkannte er eine hell getünchte Zimmerdecke.

Noch etwas benommen, versuchte er einen klaren Gedanken zu fassen. Was war passiert? Wo war er?

Er drehte den Kopf zur Seite. Neben seinem Bett saß ein Polizeibeamter in Uniform, die Mütze neben sich auf den Nachttisch gelegt und las in einer Illustrierten. Er war so vertieft, dass er nicht bemerkt hatte, dass Konrad erwacht war.

Wieso saß ein Polizist neben seinem Bett?

Ihre Blicke trafen sich plötzlich, und ohne ein Wort zu verlieren verließ der Mann den Raum, und ein Arzt kam herein.

„Wie geht es ihnen?" erkundigte er sich freundlich, ließ seinen Blick auf das

Überwachungsgerät wandern und stellte sich vor: „Ich bin Dr. Kühnert."

Konrad sah ihn einen Moment lang an.

„Warum bin ich hier?"

„Sie hatten einen Kreislaufzusammenbruch", antwortete der Arzt.

„Und warum die Polizei?"

„Das wird sie ihnen selbst erzählen."

Sie sahen zur Tür hin, wo zwei Herren in Zivil eintraten.

„Ihm geht es soweit gut",   sagte Dr. Kühnert. „Ein paar Tage Bettruhe müssten ausreichen. Ich schicke ihnen aber noch den Bericht zu."

Als der Arzt aus dem Zimmer war, stellten sich die Männer vor.

„Kriminalkommissar Becker, mein Kollege Bartel. Sie sind vorläufig festgenommen wegen des Verdachts des Drogenhandels und des Drogenschmuggels. Sie werden heute in die Krankenabteilung   unserer Untersuchungshaftanstalt verlegt."

„Ich glaube, ich spinne!"   entfuhr es ihm. War das alles nur ein böser Traum oder lag hier eine exzellente Verwechslung vor?

Doch spätestens, als er die Gitter vor den Fenstern der Krankenabteilung sah, wusste er, dass er nicht träumte.

„Was?"   Inge konnte es nicht fassen, als sie von den Beamten erfuhr, dass Konrad verhaftet worden war.

„Wegen Drogenschmuggels?"   Sie lachte hysterisch auf. „So ein Quatsch! Ich bin seit über zwanzig Jahren mit meinen Mann verheiratet, und so lange hat er außer einem gelegentlichen Glas Schnaps oder Wein nichts Berauschendes zu sich genommen."

„Wir haben acht Gramm Kokain bei ihm gefunden – schön eingetütet", unterbrach sie der Polizeibeamte.

„Höchstwahrscheinlich Kokain", verbesserte der andere, der seinem Kollegen in der Wohnstube gegenübersaß. „Das Laborergebnis steht noch aus."

„Ich könnte wetten, dass..., dass..." Sie hatte ihre Sicherheit verloren und stand nun zusammengesunken am Fenster.

„Er hat nie Drogen genommen, das hätte ich doch gewusst!"

„Ja." Der ältere Beamte musterte kurz seinen Kollegen. „Oftmals wissen die Nächsten nicht immer alles."

Sie fragten noch über eine halbe Stunde nach den Hintergründen: Wo er den Stoff verkaufen wollte, wie oft und wo er im Ausland weilte und ob sie die Kontaktmänner kannte.

Inge wusste von nichts. Sie war tief unglücklich. Auch bei ihrem kurzen Besuch in der Haftanstalt konnte sie sich nur von der Unschuld ihres Mannes überzeugen. Dass er nicht log, wusste sie. Dafür kannte sie ihn zu genau.

Um so überraschter war sie, als Konrad einen Tag später in der Wohnungstür stand, mit dem Koffer in der Hand und im Anzug, so, als sei er eben erst von seiner Dienstreise zurückgekehrt. Mit einem sarkastischen Blick trat er an ihr vorbei, stellte das Gepäck auf den Boden und drückte ihr ein Plastiktütchen in die Hand.

„Bitte Inge, wenn du das nächste Mal meine Hosen in der Waschmaschine wäscht – kontrolliere doch dann bitte auch meine Hosentaschen. Sonst muss ich nächstens wieder wegen ein paar Vitaminpillen und einer Mineralstofftablette in die Zelle!"

Freitag, der 13.

Es war ein wunderschöner Frühlingstag. Die letzten Schneereste taute der warme Föhnwind auf den schmutzig grauen Rasenflächen vor den Häuserblocks. Der Himmel war strahlendblau.

Eigentlich hatte nur mein Wecker daran Schuld, dass dieser Tag bis heute in meinem Gedächtnis haften blieb. Ich weiß nicht, was mich an jenem Morgen wach werden ließ, möglicherweise meine innere Uhr. Jedenfalls war ich eine gute Stunde später dran als sonst. Und die große alte Uhr auf meinem Nachttisch ließ nicht einmal die Andeutung eines Tickens vernehmen.

Ich hatte also verschlafen und musste schnellstens zur Arbeit. Trotz meiner aufkommenden Hektik gab ich mir Mühe, Ruhe zu bewahren.

Während ich meine Hose richtig und den Pullover verkehrt herum anzog, versuchte ich erfolglos meine Zähne zu putzen. Völlig aufgelöst hetzte ich hernach durch meine Junggesellenwohnung, packte mein am Vorabend hergerichtetes Frühstücksbrot in die Aktentasche, stürmte aus dem Haus und quetschte mich in mein Auto. Wenn ich Glück hatte, konnte ich meine Verspätung etwas verringern. Eines hatte ich bislang allerdings nicht bedacht: Es war Freitag der 13.!

Das musste auch mein Wagen wissen: Er gab zunächst einige eigenartige Geräusche von sich – dann herrschte bedrohliche Stille.

Verzweifelt schlug ich auf das Lenkrad. Verflixt, das war mir noch nie passiert, dass ich zu spät ins

Geschäft kam. Und dann bei meinem Abteilungsleiter...

Es dauerte eine geraume Zeit, bis sich endlich ein Taxifahrer dazu entschloss, seinen Wagen anzuhalten und mich mitzunehmen.

Erschöpft ließ ich mich im Fond nieder und atmete erst einmal durch.

Geschafft!

Jetzt konnte eigentlich nichts mehr schief gehen.

Meine Ruhe war allerdings augenblicklich dahin, als ich meinen Chef schon hinter der Ladentür der Porzellanhandlung stehen sah, in der ich arbeitete. Mit einem süffisanten Lächeln erwartete er mich schon.

Während ich ihm die Pechsträhne meines Zuspätkommens erläutern wollte, endete meine gebärdenreiche Schilderung mit dem Zubruchgehen einer teuren, reich verzierten Bodenvase, die auf dem Ladentisch stand. Komisch, sonst hatte das wertvolle Stück seinen Platz in der Ecke neben der Eingangstür gehabt.

Es folgte absolute Stille. Bestimmt hatte ich wieder diese unschönen Hektikflecke im Gesicht, deretwegen ich schon zu meiner Schulzeit ausgelacht worden war.

Jedenfalls war ich froh, als ich dachte, der Tag sei so gut wie vorbei. Ich saß im Wagen meines Kollegen, zweihundert Euro ärmer, da ich die Vase an Ort und Stelle bezahlen musste, und wurde vor meiner Haustür abgesetzt. Wie freute ich mich darauf, endlich im Sessel zu sitzen, die Beine auf den Tisch zu legen und so richtig auszuspannen.

Nur – es war immer noch Freitag der 13.!

Vergeblich suchte ich mein Schlüsselbund. Wo war er? Hatte ich ihn verloren?

Gott sei Dank traf ich Schulze, meinen Nachbarn, der mich erst einmal aufnahm, Kaffee mit mir trank und mich ermutigte. Schließlich gab es ja auch noch einen Schlüsseldienst. „Ade´, schönes Geld", dachte ich bei mir und rechnete schon die Kosten der Bodenvase und des Schlüsseldienstes zusammen.

Endlich, endlich saß ich auf meinem eigenen Sofa, die Füße hochgelegt und war so erleichtert, dass ich diesen Tag überstanden hatte.

Nachdem ich eine ganze Weile einfach dagesessen hatte, raffte ich mich schließlich auf, schlurfte in die Küche und stellte einen Topf Milch auf die Herdplatte. Wenigstens wollte ich mir etwas Gutes tun; einen Schokopudding kochen oder Milchreis. Ich wusste noch nicht so recht.

Plötzlich schrillte die Klingel.

Ein ungutes Gefühl beschlich mich. Wer weiß, welche Überraschung nun wieder auf mich wartete.

Vorsichtig öffnete ich die Tür einen Spaltbreit. Klaus, der Nachbarsjunge stand da, in der Hand hielt er einen Schlüsselbund.

Meinen Schlüsselbund!

Ich traute meinen Augen nicht. Er hatte ihn im Hausflur gefunden. Er musste mir am Morgen aus der Tasche gefallen sein. Hätte ich doch nur ein bisschen länger bei Schulzes gesessen, dann wären mir die Kosten des Schlüsseldienstes erspart geblieben.

Bevor ich mich bedanken konnte, zog der Geruch angebrannter Milch ins Treppenhaus.

„Verdammt!" rief ich, stürzte zurück in die Küche und wollte den Topf mit der überkochenden Milch von der Herdplatte reißen. Doch bevor ich dazu kam, rutschte ich auf einer kleinen Milchpfütze aus, die aus dem Topf gespritzt war.

Klaus, der meinen Aufschrei gehört haben musste, kam sofort herein.

Ich hatte starke Schmerzen, vor allem im rechten Arm und war außerstande, ihn zu bewegen. „Der ist bestimmt gebrochen", konstatierte er fachmännisch. „Soll ich einen Krankenwagen rufen?"

„Ja", stöhnte ich nach einer Weile und biss die Zähne zusammen.

Als ich mit den Sanitätern wenig später aus der Haustür trat und in den Wagen stieg, leuchtete der Himmel malerisch im Glanz der untergehenden Sonne, und auch die Amseln flöteten von den noch kahlen Ästen der Buchen. Ein eigentlich wunderschöner Vorfrühlingstag, heute, am Freitag, dem 13.

Die Überraschung

Sie standen an diesem Abend verblüfft und fassungslos vor dem Parkplatz ihrer Gartenanlage und trauten ihren Augen nicht.

„Unser Wagen ist weg!" sagte Julia leise.

Albert merkte, wie sie mit den aufsteigenden Tränen kämpfte. Er ging um den leeren Stellplatz herum, als würde das Auto wieder aus dem Nichts auftauchen. Dabei hielt er noch immer den Wagenschlüssel in der Hand.

„Wer hat unser Auto geklaut?" rief er wütend und warf den Schlüssel zu Boden. „Wir müssen Anzeige erstatten", entschied er schließlich nach einigen Minuten, als er sich etwas beruhigt hatte.

„Komm!" –

Am nächsten Tag wurde es wieder so sonnig warm wie selten Anfang April. Obwohl es im Garten noch eine Menge zu tun gab, verspürten sie nach dem gestrigen Schock keinerlei Lust, heute den Tag dort zu verbringen.

„Ich muss trotzdem noch mal hin, meine Brille habe ich gestern vergessen."

Albert machte sich zu Fuß auf den Weg. Als er sich nur noch wenige Meter vor der Gartenanlage befand, glaubte er seinen Augen nicht zu trauen.

Da stand er, ihr blauer Wagen, geradeso, als wäre er nie weg gewesen.

Albert rannte die letzten Meter und blieb vor ihm stehen. Nichts deutete auf eine gewaltsame Entwendung hin, keine Beschädigung – nichts.

Er verstand die Welt nicht mehr. Wer stahl denn ein Auto und brachte es am nächsten Tag wieder zurück? Albert konnte es nicht fassen.

Nachdem er sich vergewissert hatte, dass alles in Ordnung war, rief er Julia an.

„Komm schnell, Schatz, unser Auto steht wieder an seinem alten Platz! Bring den Wagenschlüssel mit."

Sie glaubte ihm nicht so recht, aber dass er darüber einen Scherz zu machen traute, das glaubte sie auch nicht.

Als sie, schneller wie erwartet, eintraf, fiel sie ihm um den Hals.

„Ach Albert, hätten wir das gestern Abend schon gewusst, wären wir um eine schlaflose Nacht herumgekommen."

Er strich ihr über die Haare und sie stiegen ein.

Im inneren konnten sie nichts Außergewöhnliches entdecken; der Dieb musste einen Nachschlüssel gehabt haben.

„Das erste, was ich morgen mache", überlegte Albert, „ich werde neue Schlösser einbauen lassen. Ein zweites Mal passiert mir das nicht."

Da sah er, etwas seitlich auf dem Armaturenbrett, einen Briefkuvert, den sie vor Aufregung erst nicht bemerkt hatten. Hastig riss er ihn auf, sah fragend zu Julia hinüber und faltete ungeduldig den Zettel auseinander.

Mit Schreibmaschine stand geschrieben:

Liebe Julia, lieber Albert!
Bitte verzeiht mir das Entwenden Eures Wagens, doch aus dringenden Gründen blieb mir gestern Abend keine andere Wahl. Bestimmt werdet Ihr Euch fragen, woher ich den Schlüssel habe und wer ich überhaupt bin.
Doch alles zu seiner Zeit.
Ihr kennte mich gut, so wie ich Euch auch. Am nächsten Mittwoch habt Ihr die Möglichkeit, Eure

Neugier zu befriedigen. Anbei zwei Eintrittskarten für die Abendvorstellung der „Die Zauberflöte".
Ich bin dort als Schauspieler engagiert. Nach der Vorstellung treffen wir uns im Theaterrestaurant bei einem Glas Wein, und ich werde unser Geheimnis lüften.
Um eines möchte ich Euch aber noch bitten: Wenn Ihr eine Anzeige bei der Polizei aufgegeben habt, zieht sie bitte wieder zurück. Ihr seht ja, dass ich kein Gauner bin – nur ein guter Bekannter.

Bis Bald, Euer G.S.

P.S. Albert: Der Wagen fährt ausgezeichnet!

Albert nahm die Theaterkarten aus dem Kuvert, besah sie sich und sah seine Frau an.
„Was hältst du davon? Und wer ist G.S.?"
„G.S. ..."
Sie überlegten und rätselten die ganzen Tage, bis zum Mittwochabend. Aufgeregt waren sie wie kleine Kinder.
Julia zog sich mehrmals um und konnte sich nicht entscheiden, welches Kostüm sie anziehen sollte. Und Albert rannte in der Wohnung umher und suchte seine Lieblingskrawatte.
Wer war G.S.? Heute Abend sollten sie es erfahren.
Das Theater war voller Menschen. Einige standen schon vor Beginn der Vorstellung im Foyer, mit Sektgläsern in der Hand und plauderten.
Sie bestellten sich ebenfalls zwei Gläser und prosteten sich zu.
„Bald wissen wir es", sagte er zärtlich und fasste sie um die Taille. „Weißt du überhaupt, wie schön du bist?"

Sie waren glücklich. Wie lange war es schon her, als sie das letzte Mal so beieinander standen und mit Sekt auf den Beginn einer Vorführung warteten?

Eigentlich hatten sie es dem Unbekannten zu verdanken.

Während der Aufführung versuchten sie besonders auf die Gesichter der Darsteller zu achten. Vielleicht erkannten sie ihn ja.

Doch ohne Erfolg.

Es wurde umso spannender, je mehr sich der Abend dem Ende neigte. Als schließlich das Licht anging und die meisten Gäste dem Ausgang zustrebten, suchten sie sich einen hübschen Platz im Theaterrestaurant und warteten ungeduldig, wenn endlich dieser geheimnisvolle G.S. auftauchen würde.

Die Minuten vergingen, die Zeit verstrich. Allmählich leerte sich der Raum. So wie sie hier saßen und warteten, wich auch ihre Spannung.

„Wer weiß", unkte Albert enttäuscht, „vielleicht hat er ja den Termin vergessen."

„Oder es ist etwas dazwischengekommen", fügte sie hinzu. „Du weißt ja, unser Auto brauchte er ja auch so dringend."

Zu später Stunde fuhren sie zurück nach Hause. Hinter den meisten Fenstern waren die Lichter bereits gelöscht. Nur bei Dörfflers, dem Hausmeisterehepaar in Parterre, brannte es noch.

Als sie die Treppe zu ihrer Wohnung hinaufgingen, trat der Hausmeister aus der Tür.

„Ah, die Müllers! Und ich dachte, ich sehe sie nicht mehr."

Julia und Albert sahen sich an.

„Warum denn?" fragte er Stirn runzelnd.

„Ach, sie Geheimniskrämer. Heimlich ein Eigenheim bauen lassen und ausziehen – klammheimlich ohne etwas verlauten zu lassen..."

„Welches Eigenheim?" fragte Albert.

„Und wer will ausziehen?" Julia fasste instinktiv ihren Mann an die Hand.

„Na – ihre Möbel sind doch schon abgeholt worden, ich habe noch kräftig mit angepackt..."

Ohne ihn aussprechen zu lassen, riss sich Albert von seiner Frau los und jagte die Treppe hinauf. Seine Hand zitterte so stark, dass er nicht sofort den Schlüssel in das Schloss schieben konnte.

Julia und der Hausmeister kamen hinterher und blieben vor der Tür stehen.

„Sie ist leer", sagte Dörffler nichts ahnend.

„Die Wohnung ist leer...", wiederholte Albert tonlos und betrat zögernd, als hätte er Angst sie zu betreten, in den Flur.

Wirklich.

Alles war leer, nichts stand mehr da. Alles war wie leergefegt. Selbst die Bilder an den Wänden fehlten.

„Ich habe anschließend auch noch die Zimmer ausgefegt", redete der Mann weiter.

Als Albert und Julia wortlos durch die Wohnung stürzten und die Türen aufrissen, lehnte er sich verständnislos an die Wand.

„Hier stimmt doch etwas nicht?" stellte er fest.

„Stimmt", schluchzte nun Julia.

„Wir sind nur im Theater gewesen", murmelte Albert und drückte eine Telefonnummer in sein Handy. „Haben sie sich wenigstens die Männer gemerkt, wie sie ausgesehen haben?"

„Schon..., ja", stotterte der Hausmeister verstört. „Es waren vier kräftige Männer, jeder mit einem blauen Kittel. Sehr freundlich, und ich half ja noch mit, ihnen die Möbel in den LKW einzuladen."

Albert schüttelte den Kopf, hörte die Stimme am anderen Ende der Leitung und sagte: „Kommen sie bitte, bei uns ist eingebrochen worden!"

Julia hockte weinend auf dem Boden und schlug verzweifelt mit der Faust an die Wand.

„Dieser verfluchte G.S.! Wie kann man nur so gerissen sein?!"

Die Ursache

Es ging alles so schnell an diesem Morgen, dass ich gar nicht mehr ergründen konnte, wieso es so geschah.

Wie immer klingelte mich der Wecker viel zu früh aus dem Bett, und wie immer fuhr ich nach dem gemeinsamen Frühstück mit meiner Frau die wenigen Kilometer zum Büro. Mit einer Ausnahme: Es war der erste Tag in diesem Spätherbst, wo ich einige Minuten brauchte, um das Eis von den Scheiben zu kratzen.

Ich konnte nicht sagen, ob ich an diesem Morgen schneller gefahren wäre wie sonst auch. Nein, wie üblich fuhr ich besonnen und rücksichtsvoll, und blieb auch bei meinem gewohnten Tempo, als ich die Kurve der Schmidtstraße erreichte. Doch wie von Geisterhand gelenkt gehorchte mein Wagen nicht mehr und rutschte aller Lenkmanöver und Bremstechnik zum Trotz geradeaus weiter in eines der dort am Fahrbahnrand geparkten Fahrzeuge hinein.

Entsetzt und verblüfft zugleich stieg ich aus, mit zittrigen Knien und fahrigen Händen. Im kümmerlichen Schein der Straßenlaternen erspähte ich sofort den ramponierten Kotflügel meines Wagens und die eingedrückte Tür des anderen Fahrzeugs, das schon einige Jährchen auf dem Buckel hatte.

Noch bevor ich etwas unternehmen konnte, flammte im Flurlicht des anstehenden Hauses das Licht an und ein kräftiger junger Kerl mit Glatze hastete ohne ein Wort an mir vorbei und beäugte den Schaden.

„No, no, no, no", stieß er schnell hintereinander hervor, und ich zählte die Silben automatisch mit. Er schüttelte dabei unentwegt den Kopf. „Es tut mir leid", versuchte ich mich mit unsicherer Stimme zu entschuldigen. „Soll ich die Polizei rufen, ich meine wegen der Unfallaufnahme?"

Bei dem Wort Polizei zuckte merklich sein Gesicht.

„Dass die Straße so rutschig ist, das habe ich nicht geahnt", sagte ich weiter.

„Ohne Polizei geht's auch", brummte er bedächtig, fuhr mit seinen fleischigen Fingern über die eingedrückte Fahrzeugtür und wandte sich so schnell zu mir um, dass ich erschrocken zurückwich.

„Zweihundert Euro – einverstanden?"

Abwartend ruhten seine Augen unter den dichten Brauen auf meinem Gesicht.

Ich war einverstanden, und als ich ihm das Geld in seine riesige Hand gelegt hatte und mit schlackernden Knien die Weiterfahrt antrat, war ich dennoch froh, so glimpflich davongekommen zu sein. Immerhin schien der Schaden an seinem Wagen größer zu sein, als die Summe, die er von mir verlangte.

Die nächsten Tage fuhr ich mit dem Bus zur Arbeit. Mein Auto stand in der Werkstatt.

„Ich habe Lust, heute mit dir auszugehen", überraschte mich meine Frau an dem Tag, als ich den Wagen aus der Werkstatt wieder abgeholt hatte. „Meine Kollegen schwärmen von einem neuen Lokal hier in der Nähe, das erst vor kurzem eröffnet hat."

Sie sah mich erwartungsvoll an, und ich stimmte sofort zu.

Am Abend, als sie das Auto vor der Gastwirtschaft anhielt, erkannte ich die Gegend wieder. Auf der anderen Straßenseite war vor einer Woche mein Unfall passiert.

Ich nahm neben dem Fenster Platz und wir bestellten zuerst eine gute Flasche Sekt.

Immer und immer wieder musste ich zu dieser Stelle starren.

Als der Kellner den Sekt brachte und die Gläser einzuschenken begann, bemerkte er den Blick, den ich noch immer unverwandt nach draußen gerichtet hielt.

„Da passiert jetzt nichts mehr", sagte der Mann und schenkte das letzte Glas ein.

Erstaunt sah ich ihn an. Woher wusste er von dem Unfall?

„Gestern kam das sogar im Fernsehen. Über dreißig Fahrzeuge sind in seine Falle gegangen, besser gesagt gerutscht. Und der hat die Deppen dann auch noch ausgenommen. Bis zu dreihundert Euro hat er von denen verlangt, und anschließend hat er sich vom Schrottplatz das nächste Auto hinstellen lassen."

Als ich ihn noch immer konsterniert ansah und nicht in der Lage war, etwas zu erwidern, fuhr er fort:

„Eine Nachbarin über mir hat ihn schließlich am Abend vom Fenster aus beobachtet, wie der Ganove mit der Gießkanne auf der Straße hin und herlief und sie begossen hat. Und am Morgen war es die beste Eisbahn, die man sich vorstellen kann."

Eltern haften für ihre Kinder

„Hör bitte auf damit!"

Ärgerlich gab Hannes die Plastikpistole wieder seinem Sohn Tom zurück, der quietschvergnügt im Buggy saß und der, kaum das er abermals im Besitz seines Lieblingsspielzeuges war, es wiederum auf die Straße warf.

„So, und nun behalte ich sie, damit du es endlich begreifst!"

Er hob die Pistole auf, wischte sie an seiner Hose ab und hielt mit dem Buggy vor der Sparkasse an.

Susanne, die während der ganzen Zeit schmunzelnd diese Szene beobachtet hatte, reichte ihrem Mann die Rechnungen.

„Bis gleich mein Schatz."

Hannes schlenderte in das Gebäude. Es war ziemlich voll um diese Zeit; die meisten Kunden hatten Feierabend und wollten noch schnell ihre Geldgeschäfte erledigen.

Plötzlich vernahm er eigenartige Geräusche, eine unheimliche Unruhe brach unter den Leuten aus. Jemand rief: „Hinlegen!", und wie auf Kommando warfen sich die Menschen zu Boden.

Auch Hannes.

Ein Überfall, ging es ihm durch den Kopf und sein Herz begann vor Aufregung zu rasen. Wenn es das Schicksal wie so oft auf ihn abgezielt hatte, konnte es heiter werden.

Er hörte jemanden mit seinem Handy telefonieren.

„Waffe weg und Hände über den Kopf!" schrie unerwartet eine Männerstimme über ihm, und Hannes glaubte im ersten Moment, dass es der

Bankräuber war, der ihn als Geisel auserkoren hatte. Warum hatte es wieder das Schicksal auf ihn abgesehen.

„Waffe weg!" vernahm er nochmals, doch diesmal war es eine andere Stimme. Es musste sich also um mehrere Gangster handeln.

Vorsichtig versuchte Hannes seinen Kopf zur Seite zu drehen, und das, was er sah, verschlug ihm die Sprache.

Erst jetzt bemerkte er, dass er noch immer Tommys Spielzeugpistole in der Hand hielt, und dass die Stimme, die er dem Bankräuber zugeordnet hatte, die eines Polizeibeamten war.

Hannes gehorchte, ließ das Spielzeug an den Fingern zu Boden gleiten und legte die Hände hinter dem Kopf zusammen. Dabei erkannte er den derb zugeschnittenen schwarzen Lederstiefel, der Tommys Pistole zur Seite wegschoss.

Hannes spürte den kräftigen Ruck an seine Handgelenken und das Klicken von Handschellen.

Wie im Film, ging es ihm durch den Kopf.

„Komm hoch, na wird's bald!"

Die zwei Beamten, die wohl ebenfalls hier als Kunden anwesend waren, rissen ihn hoch.

„Was wollen sie von mir?" versuchte Hannes alles aufzuklären. „Ich habe doch nichts verbrochen!"

„Quatsch nicht, komm!" Sie stießen ihn dem Ausgang zu.

Hannes stolperte vor ihnen die Treppen hinunter und konnte noch im letzten Moment, bevor er in den Streifenwagen gedrückt wurde, einen Blick zu seiner Frau werfen, die mit weit aufgerissenen Augen neben dem Buggy stand und fassungslos zu ihm hinsah. –

Drei Stunden dauerte nun schon das Verhör.

„Geben sie doch endlich zu, dass sie einen

Überfall vorhatten!" sagte der Kriminalbeamte nun schon zum wiederholten Mal und erhob sich entnervt von seinem Stuhl. „Aus welchem Grund sind sie denn sonst mit der Waffe in der Hand in die Sparkasse gekommen?"

„Wie oft soll ich denn noch sagen, dass diese Waffe – wie sie sie nennen – das Spielzeug meines Sohnes ist!"

Hannes Blick hing flehend an den Männern

„Ich brauchte kein Geld, ich wollte nur die Rechnungen abgeben. Die stecken doch noch in meiner Jackentasche."

Hinter der Tür hörten sie Stimmen. Ein Kind wimmerte.

„Meine Tole, meine Pitole!"

Susanne wurde von einem zivil gekleideten Mann in den Vernehmungsraum geführt. Tom hockte auf ihrem Arm.

„Es ist alles ein Irrtum", sagte sie sofort und schüttelte den Kopf. „Ich bin ja draußen vor der Bank stehen geblieben, wegen ihm hier, und Hannes sollte nur schnell reingehen und die Rechnungen begleichen."

Sie zuckte lässig mit den Schultern und konnte sogar lächeln.

„Oder glauben sie, dass ich mit meinem Kind draußen stehen bleiben würde, bis mein Mann mit dem Geld herausstürmt? So naiv kann man eigentlich nicht sein."

Tom, der seine Pistole auf dem Tisch liegen sah, reckte seine Ärmchen. „Da! Meine Tole!"

Der Junge lachte vor Freude.

Stille trat ein.

„Und – glauben sie uns nun endlich?

Susanne sah von einem Beamten zum anderen.

„Eltern haften leider immer für ihre Kinder!"

Der Bluff

Es waren zehn Minuten vor Schluss. Jens Holland nahm die letzten Bestellungen seiner Kunden entgegen, meist Stammgäste, die die letzten Grillhähnchen und Bratwürste aßen, und jetzt, nach getaner Arbeit, noch ein Schwätzchen hielten.

Jens schob nun, als der letzte Gast bedient worden war, sein Abendbrot – kaltes Schnitzel mit Kartoffelsalat – in die Mikrowelle und wollte sie gerade einschalten, als er stutzig wurde.

Ein Schatten huschte draußen vor dem Fenster entlang.

Jens vergaß vor Neugier das Gerät einzuschalten und lenkte seine Schritte zur Eingangstür, ohne auch nur seinen Gästen etwas anmerken zu lassen. Jens wollte gerade die Türklinke herunterdrücken, als sie auch schon aufgestoßen wurde und der Schatten in Person eines schwarz gekleideten, maskierten und mit einer Pistole bewaffneten Mannes vor ihm stand.

„Los, rein!" sagte er laut, und erschrocken und angstvoll zugleich wich Jens einen Schritt zurück.

Die Gäste verstummten.

„Los, los! Die Kasse! Ein bisschen dalli!" Der Räuber hielt für einen Augenblick die Waffe auf die Kunden gerichtet, die noch immer an den Stehtischen verharrten.

„Und ihr bleibt ruhig, sonst knallt´s!"

Seine Stimme klang dabei ruhig, und gerade das ließ ihn bedrohlich und kaltblütig erscheinen.

„Die Kasse, na los!"

Er wies mit der Pistole zum Ausschank hin.

Jens tat wie ihm geheißen und schlurfte hinter die Theke. „Es lohnt sich nicht", wagte er einzuwenden, obwohl ihm klar war, dass sich der Räuber dadurch nicht abbringen ließ.

„Das bestimme ich!" kläffte er zurück, warf einen sichernden Blick hinüber zu den Tischen, wo die Gäste noch immer entgeistert zu ihm hinstarrten und wurde ungeduldiger. „Wird´s bald? Na los, her damit!"

Ohne einen klaren Gedanken fassen zu können, lehnte sich Jens gegen die Mikrowelle und tat, als suche er seinen Schlüssel.

„Nach was kramst du denn?" fragte der Mann sichtlich gereizt und zog seine Gesichtsmaske hin und her. Sie schien zu kratzen.

„Na den Schlüssel!"

Jens sah plötzlich ganz ruhig auf die Waffe, und mit einem Mal glaubte er, dass sie nicht echt war. Er sah es an der Mündung. Sie glänzte schwach, wenn er sie gegen das Licht bewegte. Also kein Mündungsloch, sondern ein schwarz lackierter Punkt.

Die Angst war nun vollständig verflogen.

„Deine Verkleidung kratzt wohl, was?"

Jens grinste überlegen. „Du hättest vorher Weichspüler nehmen sollen.

Der Räuber sah ihn konsterniert an als habe er chinesisch gesprochen. „Spinnst du... Ich blase dir gleich dein Hirn weg!"

Er wusste nicht so recht, wie er auf diese Wandlung reagieren sollte.

„Lass mich in Ruhe." Jens sagte es ganz gleichgültig, drehte sich von ihm weg und drückte, ohne sich dabei etwas zu denken, auf den Startknopf der Mikrowelle. Fassungslos glotzte ihn der Mann an und ließ gleich darauf wieder seinen Blick in den Gastraum schweifen. Genauso irritiert wie er, verfolgten die Gäste das Geschehen. Entweder war Jens Holland verrückt geworden, oder aber er hatte einen Plan.

„Wolltest du nicht Geld?" begann er abermals den Räuber aufzuziehen.

„Das hole ich mir, verlass dich drauf!"

Entschlossen packte der Ganove das Geldfach der Kasse, doch vergeblich.

„Los, den Schlüssel!"

Jens grinste und tastete seine Taschen ab.

„Wo hab´ ich ihn nur..."

Als sich die Mikrowelle plötzlich abschaltete und in kurzen Abständen zu piepsen anfing, fluchte der Mann panikartig und stürzte an den Tischen vorbei hinaus ins Freie.

„Was hatte er denn mit einem Mal?" warf Jens die Frage in den Raum.

Ein älterer Kunde räusperte sich. „Ich glaube, der hat Angst bekommen."

„Angst?"

„Ja, vor der Mikrowelle. Bestimmt hat er gedacht, dass der Alarm losgegangen ist."

Eine Weile blieb es still. Dann musste Jens lachen, und nach und nach lachten auch die anderen.

„Eine Runde Freibier!" rief Jens, und es blieb nicht die letzte an diesem merkwürdigen Abend.

Unheimliches Zusammentreffen

Nichts hatte sich seit dem vorletzten Jahr verändert. Die Menschen auf der kleinen griechischen Insel waren noch genauso freundlich wie zuvor, der Lärm auf den Straßen und Märkten schien nicht geringer geworden zu sein, und die Sonne brannte wie eh und je um diese Jahreszeit unbarmherzig vom Himmel.

Milaki, der weißhaarige lebhafte Hauswirt, schüttelte herzlich unsere Hände und begrüßte uns mit seinem Selbstangesetzten süßen Wein, von dem wir wussten, dass er es in sich hatte.

„Kannst du uns sagen", fragte ich ihn gleich am ersten Tag, „bei wem wir uns wegen einem Tauchlehrgang anmelden müssen?"

Er sah abwechselnd auf mich und auf Ala, meiner Frau, und erklärte uns schließlich nach kurzem überlegen, dass er auf der anderen Seite der kleinen Insel jemanden kannte, der die Berechtigung dazu besaß. Mit einem Seitenblick zu Ala fragte er leise: „Will sie etwa auch runter?"

„Was denkst du denn, Milaki", lachte sie, und er wurde verlegen, da sie es dennoch gehört hatte. „Traust du mir das nicht zu?"

„Doch, doch", beeilte er sich zu sagen, „aber..., wenn man bedenkt, was da alles passieren kann."

Sie hob die Schultern. „Mach dir mal keine Sorgen. Zuerst werden wir einen Schnuppertauchgang absolvieren, und wenn wir Spaß daran haben, sehen wir weiter."

Gleich am nächsten Tag nach dem Frühstück fuhren wir zu dem besagten Bekannten, der in einem kleinen flachen Häuschen direkt am Strand wohnte.

Der braungebrannte, durchtrainierte Tauchlehrer war gerade dabei, mit einem Freund sein Boot ins Wasser zu schieben.

„Wir wollten gerade raus fahren", meinte er und musterte uns neugierig. Sie trugen schon Neophrenanzüge und im Boot lag schon das andere Tauchzubehör.

„Seid ihr denn schon einmal getaucht?" wollte er wissen.

„Einen Schnupperkurs haben wir vor einem Jahr gemacht."

Er musterte kurz seinen Freund, und als dieser nickte, tat er eine Handbewegung zum Boot hin. „Wenn ihr also jetzt Zeit habt, könnt ihr mitkommen. Wir holen dann nur noch die restlichen Sachen."

Er verschwand für eine Viertelstunde im Haus, und kam schließlich mit zwei Anzügen und den anderen Zubehör zurück. Sein Freund zog in einem Wagen die schweren Druckluftflaschen hinter sich her.

Während der Bootsfahrt erklärte uns unser Tauchlehrer den Umgang mit den Geräten und das Verhalten unter Wasser. Einiges wussten wir noch vom letzten Jahr. Dann half er uns beim Anlegen der Anzüge und der Masken, von denen er einen kleinen Sack mitgenommen hatte und fragte uns währenddessen noch einmal nach den wichtigsten Regeln.

Felipe, sein Freund und ebenfalls Taucher, steuerte das Boot eine Weile an einem Riff entlang und ankerte schließlich. Mit einem Fernglas schaute er einen Moment zum Hafen hinüber und reichte es kopfschüttelnd zu uns.

Eine riesige Fläche verdreckten und Buntschillernden Oberflächenwassers trieb langsam in unsere Richtung.

„Wer weiß wie lange wir hier noch tauchen können", meinte er leise. Er klang traurig.

Wir konnten ihn verstehen. Wenn sich die Wasserqualität weiter verschlechtern würde, war es aus mit den Lebensräumen am Riff und damit auch ihrer Lebensgrundlage.

Ala und ich setzten uns nach ihren Anweisungen rücklings auf den Bootsrand, steckten die Mundstücke zwischen unsere Zähne und warteten auf das Kommando. Die schweren Druckluftflaschen zogen an den Schultern.

Felipe ließ sich als erster ins Wasser fallen. Dann, auf sein Kommando, und nach einigen heftigen und aufgeregten Atemzügen, folgte ich. Panisch begann ich ein – und auszuatmen, nachdem ich die Schwerelosigkeit im Wasser zu spüren bekam. Doch das zuvor aufgeblasene Jackett hob mich wieder zurück an die Oberfläche.

„Alles in Ordnung?" fragte er mich und deutete mit Daumen und Zeigefinger einen Kreis an.

Ich wiederholte dieses Zeichen. Es war alles in Ordnung.

Felipe forderte mich nun auf, langsam Luft aus dem Jackett zu lassen. Im letzten Moment, bevor ich langsam in die Tiefe sank, erkannte ich noch Ala, die gemeinsam mit dem anderen Taucher ins Wasser fiel.

Es war eine wunderbar faszinierende Welt, die sich mir bot.

Tausende Fische, bunt, einfarbig, große und kleine, in Schwärmen oder einzeln, tummelten sich zwischen den Korallen und vermittelten ein Bild totaler Harmonie.

Wir warteten auf dem Grund neben dem Anker auf Ala und ihren Begleiter.

Eine riesige Wolke handgroßer gelber Fische blieb direkt vor uns stehen, ohne sich von der Stelle zu rühren. Sie ließen nur eine schmale Gasse für uns frei. Einige kamen neugierig näher und starrten durch unsere Brillengläser oder knabberten an unserer Ausrüstung. Als streckte behutsam ihren Arm aus und versuchte einen der Fische zu berühren.

Plötzlich schrak ich zusammen.

Felipe und der andere drückten uns kräftig an einen der großen Steine, hielten die flach ausgestreckte Hand senkrecht auf den Kopf und zeigten schräg über uns.

Ein Hai!

Mit großen Augen verfolgten wir den eineinhalb Meter großen Fisch, der genau so elegant verschwand wie er gekommen war.

Als Felipe das Zeichen gab, weiter zu schwimmen, schüttelte Ala ihren Kopf und wies hoch zur Oberfläche.

Ich konnte sie verstehen. Sie wollte raus.

Gemeinsam tauchten wir auf und Ala beeilte sich, so schnell wie möglich an Bord zu kommen.

Felipe und sein Freund reichten uns die Hand und beglückwünschten uns.

„Warum?" fragten wir verständnislos. „Weil wir zum ersten Mal getaucht sind?"

„Auch deshalb", lachte Felipe und zeigte dabei seine weißen Zähne. „Aber wisst ihr überhaupt, wie selten es hier Haie gibt? Ich habe gerade einmal vier Stück von ihnen gesehen, und ich tauche hier schon seit über zehn Jahren."

Wir freuten uns für ihn, und dennoch hatten wir nicht das Bedürfnis, es noch einmal zu erleben.

Schließlich waren wir ja noch Anfänger und keine Profis wie sie.

Taxifahrt mit Folgen

Zäh floss die Zeit dahin.

Jürgen saß in seinem Taxi, das in der Warteschlange vor dem Bahnhof stand und blätterte zum wiederholten Male in der Tageszeitung. Langweilig war es wie selten zuvor, und dann bei diesem Wetter. Kaum auszuhalten war es. Hellblauer Himmel, äußerst selten einmal ein paar weiße Wölkchen, und eine Bruthitze. Ein ausgezeichnetes bayerisches Hoch mit dem Namen Jürgen.

Er musste schmunzeln, als der Wettermann im Radio wieder seinen Namen nannte.

Im Schritttempo ließ er seinen Wagen vorwärts rollen und befand sich nun als erster vor dem Bahnhofsportal.

Jürgen stellte den Innenspiegel so ein, dass er sich darin sehen konnte, kämmte sein schon lichtes Haar ordentlich nach hinten und strich sich mit den Fingern übers Kinn. Die Bartstoppeln waren hart und schwarz, und er fand, dass sie eher zu einem Ganoven passten als zu einem ehrwürdigen Taxifahrer.

Ach ja, seine Petra.

Sie stand jetzt bestimmt in einem Klassenzimmer vor zwanzig Augenpaaren einer zappelnden ersten Klasse, hatte das Fenster geöffnet und dachte jetzt vielleicht an ihn, dass er wunderbar im weichen Autositz hocken konnte und durch die Gegend fuhr.

Wenn sie nur wüsste, wie langweilig dieser Job sein konnte...

„He! Soll ich in einer Viertelstunde wiederkommen, wenn sie ausgeschlafen haben?"

Ein braungebrannter Mann mit kohlschwarzen Haaren und kastanienbraunen Augen spähte durch das geöffnete Fahrerfenster. Er war elegant gekleidet, in weißem Anzug und hellblauer Krawatte. So blau wie der Himmel zurzeit...

Jürgen legte erschrocken die Zeitung neben sich auf den Sitz und ließ den Mann einsteigen.

Er ließ sich schräg hinter ihm auf den Sitz fallen und schob sich eine billige Plastiktüte zwischen die Füße.

Diese Tüte war das einzigste, das nicht zu dem Mann passte. Aber das konnte ihm ja egal sein.

„Bitte nach Tölz!"

Jürgen richtete den Spiegel wieder in seine alte Position, warf noch einen Blick auf den Fahrgast und fuhr los.

Irgendwie missfiel ihm dieser elegant gekleidete Mann. Er hörte, wie er in seiner Plastiktüte herumwühlte.

„Sind sie das erste Mal in dieser Gegend?" versuchte Jürgen ein Gespräch aufzubauen. Er wusste, dass dies unter anderem Einfluss auf sein Trinkgeld haben würde.

„War schon mal hier", antwortete der Mann missmutig. Er schien kein Interesse an einer Unterhaltung zu haben.

Ihre Blicke trafen sich im Spiegel.

Die Frage irritierte Jürgen.

„Nur so", meinte er.

„Wie lange müssen wir fahren?"

Jürgen sah auf die Uhr. „Knapp eine Stunde, je nachdem wie der Verkehr auf der Autobahn ist."

Der Mann beugte sich zu ihm vor.

„Macht es ihnen was aus, wenn wir über die Landstraße fahren?"

„Dauert nur länger und wird teurer", erwiderte Jürgen.

Der elegante Herr winkte nur ab und lehnte sich zurück.

So einen Fahrgast hatte er noch nicht gehabt. Wer fährt schon für mehr Geld eine längere Strecke?

So fuhren sie, ohne noch ein Wort zu verlieren. Die Landstraße war leer, der Motor summte leise und der Fahrgast hatte endlich aufgehört, in seiner Tasche zu wühlen. Im Spiegel sah er, dass der Mann die Augen geschlossen hielt, vielleicht sogar schlief.

Plötzlich schrak Jürgen zusammen. Wie aus heiterem Himmel überkam es ihm.

War es nicht das Gesicht, das er noch vorhin am Bahnhof in der Zeitung gesehen hatte?

Unauffällig spähte er in den Spiegel. Ja, soviel war sicher. Dieses Gesicht hatte er in der Zeitung gesehen. Aber in welchem Zusammenhang?

Vorsichtig, wechselweise die Straße und dem Mann im Auge behaltend, versuchte Jürgen mit einer Hand die Zeitung auf dem Beifahrersitz aufzublättern. Nie hätte er gedacht, dass es so schwer sein konnte, eine Zeitung so geräuschlos wie möglich aufzuschlagen.

Endlich fand er das Bild. Es gab keinen Zweifel. Es stimmte haargenau mit dem seines Fahrgastes überein.

Doch was war der Grund, weswegen er in der Zeitung abgebildet war? Sosehr er sich auch bemühte, den Text unter dem Foto zu entziffern, es gelang ihm nicht. Zu weit lag die Zeitung von ihm weg, und heranziehen konnte er sie nicht. Das wäre aufgefallen.

Jürgen fluchte innerlich und hoffte nur, dass er keinen entflohenen Strafgefangenen oder gesuchten Mörder hinter sich sitzen hatte.

Schweißperlen bildeten sich auf seiner Stirn und unter den Achseln spürte er schon, wie es feucht wurde. Wie zeternde Spatzen flogen die Gedanken durch sein Hirn.

Was sollte er jetzt tun? Einfach weiterfahren und ihn dort absetzen, wo er hinwollte? Oder...

Er dachte an die Gespräche am Stammtisch, den er im Monat ein, zwei Mal mit den Kollegen besuchte. Zwei Kumpel hatten solch eine Situation schon miterlebt, ein anderer wurde anschließend tot aufgefunden.

Doch bei ihnen war die Ausgangssituation anders als bei ihm. Dort wurden ihnen die Pistolen an den Kopf gehalten, die Täter nahmen die Einnahmen ab und verschwanden dann. Hier aber schien er einen Ganoven nach Bad Tölz zu fahren, der noch dazu zu schlafen schien.

Jürgen überdeckte behutsam das Bild in der Zeitung und schaute unauffällig in den Spiegel.

Der Mann hatte nichts bemerkt.

Jürgen fuhr den Wagen zügiger als bei anderen Touren. So schnell wie möglich wollte er diesen Fahrgast loswerden. Selbst wenn es nur ein Hirngespinst war, was er sich da vormachte.

Ihm kam plötzlich der Gedanke, das Taxi einfach vor der Polizeiinspektion in Bad Tölz abzustellen und geschwind auszusteigen. Doch er verwarf diese Idee sofort wieder. Sollte es ihm denn genauso ergehen wie einen seiner Kollegen?

Nein, um nichts auf der Welt wollte er Petra als Witwe zurücklassen!

Jürgen übersah während seiner Überlegungen die Schilder am Straßenrand. Viel zu schnell war er unterwegs; die Fahrbahn hatte hier viele gefährliche Kurven.

Gerade noch rechtzeitig konnte er hinter einem langsam fahrenden Schwertransporter abbremsen.

Erleichtert atmete er auf und sah im Spiegel, dass der Mann noch schlief.

Wenn ich diese Fahrt hinter mir habe, mache ich Feierabend, nahm er sich vor.

Allmählich vergrößerte sich wieder der Abstand zwischen den Fahrzeugen. An Überholen war hier nicht zu denken.

Wie im Traum sah Jürgen plötzlich die Kelle eines Polizeibeamten, der sie langsam in die Höhe hielt und hin und her schwenkte. Ihr Streifenwagen stand gut versteckt in einer kleinen Waldeinfahrt.

Noch einen beruhigenden Blick in den Rückspiegel, und er bremste langsam ab. Den Motor ließ er weiterlaufen.

Die zwei Beamten kamen heran und einer von ihnen beugte sich zum Fenster herunter. Doch bevor er etwas sagen konnte, hielt Jürgen den Zeigefinger vor die Lippen. Ihm kam es jetzt nicht in den Sinn, was sie von ihm denken würden.

Der Beamte bekam vor Überraschung seinen Mund nicht mehr zu. So etwas schien er wohl noch nie erlebt zu haben.

Jürgen wies auf die Zeitung, zeigte auf das Foto und bewegte seinen Kopf nach hinten. Dabei bemerkte er, dass sich sein Fahrgast verschlafen aufrichtete.

Wie in Trance stieß Jürgen die Fahrertür auf, riss dabei einen der Beamten um und sprang hinaus. Als er sich aufgerappelt hatte, hielt schon der andere Polizist seine Dienstwaffe auf den elegant gekleideten Herrn gerichtet.

Der Mann war überrascht, als einer von ihnen vorsichtig die Wagentür öffnete und sagte: „Halten sie schön die Hände hinter dem Kopf und steigen sie aus!"

Langsam schob er sich heraus. Breitbeinig stand er schließlich am Taxi, die Hände auf dem Wagendach, und wurde abgetastet.

Der andere Beamte nahm sich anschließend die Zeitung und besah sich das Bild.

„Prima Fang, den müssen wir gut einpacken!"

Er legte dem Mann die Handschellen an und nahm die Plastiktüte aus dem Taxi.

„Wir brauchen sie aber noch", sagte der jüngere Beamte zu Jürgen,   „sie müssten uns noch aufs Revier begleiten, wegen dem Protokoll, sie wissen ja."

Jürgen nickte.

„Es wäre sowieso meine Tour gewesen."

Bevor er in seinen Wagen stieg, meinte der Beamte kopfschüttelnd: „ Mensch, was sie für Nerven haben, sich mit solch einem brutalen Killer in ein Auto zu setzen."

Er klopfte ihm anerkennend auf die Schulter und gab ihm die Zeitung wieder.

Jürgen schluckte nur, setzte sich wieder hinters Steuer und schlug die Zeitung auf.

ˋBei einem bewaffneten Raub auf die Deutsche Bank in der Landeshauptstadt wurden zwei Kassiererinnen erschossen. Der Täter entkam mit schätzungsweise 300000,- Euro. ˊ

Jürgen lehnte seinen Kopf gegen die Scheibe und schloss die Augen.

Das kam davon, wenn man nicht den Text las.

Aber dass er so was übersehen konnte...

Die Verfolgung

Wieder und wieder sah sie zu dem einsam gelegenen Haus in der Dunkelheit, in dem Günther verschwunden war. Ursula hatte Angst so allein im Auto, irgendwo auf einem asphaltierten Waldweg und abseits verkehrsreicher Straßen.

In der Ferne schlug eine Dorfkirche zwölf Mal.

Es war Mitternacht.

Dass sie aber auch so ein Pech haben mussten! Ausgerechnet hier eine Panne zu haben, zu dieser Zeit und in solch einer Gegend. Dabei war ihr Ausflug so schön gewesen.

Hoffentlich konnte Günther vom Haus aus den Abschleppdienst benachrichtigen; denn dass jemand an Ort und Stelle den Motor nachsehen würde, glaubte sie nicht.

Endlich sah sie ihn, und sie erschrak. Wie von Sinnen stürzte er zur Haustür heraus, hetzte durch die Finsternis zum Wagen zurück, warf sich auf den Fahrersitz und drückte die Türverriegelung herunter.

Atemlos stützte er den Kopf übers Lenkrad und rang nach Luft.

„Was ist, was ist los mit dir?"   rief Ursula heiser und fasste ängstlich nach seinem Arm. „Los, rede endlich!"

„Da ist..., ist ein Verrückter...", keuchte er, „der dachte wohl, ich bin der Liebhaber seiner Frau. Der hat..., hat mich erst freundlich herein gebeten, ich habe gefragt ob ich telefonieren kann, und als ich am Apparat stand hat er mich plötzlich gegriffen und geschrieen, dass ich das Schwein bin, der mit seiner Frau schläft..."

Er schnaufte ein paar Mal tief durch, um sich zu beruhigen.

„Ich habe mich gewehrt und ihm einen Haken verpasst. Ich glaube, dass er nun ohnmächtig ist."

„Und was nun?" fragte sie leise, als könnte er sie hören und strich ihm übers Haar.

„Wir müssen raus hier, und zu Fuß zur nächsten Ortschaft. Den wagen müssen wir ja stehen lassen."

Sie stiegen aus und schoben so leise wie möglich die Türen zu.

„Komm, bevor dieser Verrückte aufwacht."

Günther nahm sie an die Hand.

Ein Poltern drang vom Haus herüber, dann folgte ein wütendes Geschrei. Die Haustür wurde aufgerissen und ein fetter, nur mit Turnhose und Unterhemd bekleideter Mann taumelte im Licht der Außenlaterne heraus. In einer Hand erkannten sie einen langen klobigen Gegenstand.

„Das Schwein muss noch hier irgendwo sein und sich verstecken!" hörten sie ihn schnauben. Er verharrte noch immer auf derselben Stelle und starrte unsicher in die Dunkelheit.

„Leise!" hauchte Ursula. Ihr Herz schlug bis zum Hals. Vorsichtig zog sie ihren Mann die Straße entlang. Ihre Absätze klapperten.

„Zieh die verdammten Dinger aus!" befahl er, doch da hörten sie ihn auch schon rufen.

„Ha!"

Der Mann schien auf sie aufmerksam geworden zu sein und keuchte in ihre Richtung.

„Helmut!" hörten sie plötzlich eine fremde Frauenstimme. „Lass dir doch erklären..."

Das Keuchen und Schnaufen kam bedrohlich näher.

„Komm schnell!" jammerte Ursula, und sie begannen zu rennen, immer schneller. Günther lief vorneweg und bog in den Wald ein, quer durchs Unterholz. Seine rechte Hand tastete nach vorn, die linke fasste wie eine Klammer das Handgelenk seiner Frau.

„Ich kann nicht mehr", keuchte sie schließlich und lehnte sich an einen Baum. „Lass uns hier einen Moment ausruhen..., der Dicke ist bestimmt nicht hinter uns hinterher gekommen."

„Nein!" entgegnete Günther. „Was denkst du wohl, was der mit uns macht wenn er uns findet? Wenn er mich erschlagen hat bist du dran. Das andere kannst du dir selber ausmalen."

Sie hetzten weiter, durch dichtes Unterholz, Dornen bespickte Brombeerhecken und platschten quer durch Morastlöcher. Dann blieben sie in der undurchdringlichen Dunkelheit des Waldes stehen und verschnauften. Hin und wieder horchten sie angestrengt, ob er ihnen nachkam.

„Ich hätte mich ihm ja auch in den Weg gestellt", versuchte sich Günther zu entschuldigen, „aber der hätte mich umgebracht, das weiß ich, und dich garantiert auch."

Sie strich ihm über den Rücken.

„Das versteh ich doch, Schatzi..., psst!"

Weit hinter sich hörten sie das Stampfen schwerer Beine, Knacken von morschem Holz und Rascheln. Es kam immer näher, ohne dass sie etwas erkennen konnten.

Zitternd vor Angst hockte sich Ursula neben ihn und krallte sich in seine Hände. Sie fühlte sich in einen Horrorfilm versetzt. Ohne dass ein Wort fiel wusste sie, dass sie nun still kauern bleiben musste, um nicht ihr Versteck zu verraten.

Das Stampfen kam immer näher; dann, für einen Augenblick, verstummte es plötzlich, so, als horche jemand. Und abermals knackten Zweige, brachen Äste und raschelte Laub. Ein aufgescheuchter Vogel flatterte erschrocken über ihnen durchs Geäst.

Ihr Verfolger musste ganz in ihrer Nähe sein, sie konnten ihn fast spüren. Die Stille, die wieder eintrat, war grausig.

Konnte er sie in ihrem Versteck sehen, sie erahnen, wie sie so am Boden hockten und darauf warteten, dem Schicksal ausgeliefert zu sein?

Plötzlich und völlig unerwartet grunzte es neben ihnen, ein aufgeregtes Quieken folgte und mit unerwartetem Lärm durchbrach ein Wildschwein das Dickicht und entfernte sich zusehends.

Ursula legte erleichtert ihren Kopf auf seine Schulter und lachte leise.

„Da haben wir wirklich Schwein gehabt."

Auch Günther atmete auf. „Der Wald muss bald zu Ende sein, und da drüben muss Bischofrode liegen. Komm!"

Langsam und auf einer seltsamen Weise glücklich, suchten sie ihren Weg zum Dorf, dessen Straßenlichter nun matt durch die Bäume schimmerten.

Der Stau

Rechts und links der Landstraße standen die Wiesen im saftigen Grün; dazwischen leuchteten gelbe und weiße Blüten, grasten Kühe oder sie lagen dösend in der Mittagssonne.

Jörg und Claudia sahen diese Idylle nicht. Hatten keine Muße und Zeit, sich von den Schönheiten der vorbei fliegenden Natur beeindrucken zu lassen, sondern fuhren zügig und schweigsam weiter.

„Fahr nicht so schnell!" bat Claudia zum wiederholten Male ihren Mann und hielt sich ängstlich am Sitz fest, als er viel zu schnell durch eine Kurve fuhr.

„Du bringst uns noch um!" jammerte sie.

„Wir sind spät dran, ich will pünktlich sein", rechtfertigte er sich und sah kurz zu ihr hinüber. „Es ist der tag meines Lebens, und wenn ich zu dem Termin zu spät komme, ist vielleicht die Chance vorbei."

Er hatte Recht, und sie wusste das. Ja, jahrelang hatte er geschrieben, unzählige Kurzgeschichten, drei Romane – und kein Verlag zeigte Interesse an seinen Arbeiten und schickten sie ihm immer wieder zurück. Dann kam alles so plötzlich, dass sie es immer noch nicht glauben konnte.

Ein Verlag rief vor ein paar Tagen an und vereinbarte mit ihrem verdutzten Mann einen Termin wegen des Vertrages für sein erstes Buch. Jörg war wie aus dem Häuschen, küsste sie immer und immer wieder und war sich sicher, dass dies der Anfang seines Erfolgs sein würde.

Sie konnte seine Freude verstehen. Zwei Stunden Zeit hatten sie noch, und gewiss reichte sie noch aus, um vorzeitig und überpünktlich im Verlag zu sein. Doch Jörg blieb die Angst, es könnte etwas dazwischenkommen, eine Straßensperrung, ein Stau, eine Panne.

„Heute Abend, wenn alles gut geht, trinken wir eine Flasche Champagner", versprach er überschwänglich und bremste vorsichtig in der nächsten Kurve ab. Kuhfladen bedeckten den Asphalt.

Er knurrte etwas Unverständliches und beschleunigte wieder, doch nach der nächsten Biegung musste er abermals zurückschalten; ein Laster brummte gemächlich die steile Straße hinauf und wurde dabei immer langsamer. Riesige schwarze Tanks hatte er geladen, und sie mussten schwer sein.

„Siehst du, das habe ich gemeint", schimpfte er und versuchte an dem Fahrzeug vorbeizuspähen. „Und überholen kann ich auch nicht bei dieser unübersichtlichen Strecke!"

Seine Finger klopften nervös aufs Lenkrad.

„Man, der schläft ja fast ein!"

Der Laster schaltete augenblicklich noch einen Gang tiefer, um den Anstieg zu bewältigen und ruckte dabei so stark, dass die Ladung nach hinten rutschte.

„Bleib stehen!" schrie Claudia, und er trat blitzschnell auf die Bremse.

Sie hatten Glück.

Der Transporter fuhr noch ein paar Meter weiter und blieb dann plötzlich stehen. Eine der letzten riesigen Plastikbehälter rutschte soweit zurück, dass er die Ladeklappe durchbrach, mit einem ohrenbetäubenden Knall

Der Transporter fuhr noch ein paar Meter weiter und blieb dann plötzlich stehen. Eine der letzten riesigen Knall Plastikbehälter rutschte soweit zurück, das er die Ladeklappe durchbrach, mit einem ohrenbetäubenden zu Boden fiel und auseinanderbrach. Wie Lava ergoss sich ein breiter Strom zäher, gelber Flüssigkeit und strömte langsam aber unaufhaltsam die Straße hinunter.

„Ich muss zurückfahren!" rief Jörg und legte den Rückwärtsgang ein.

„Vorsicht!" warnte Claudia.

Hinter ihnen stand plötzlich ein zweiter Lastzug.

Jörg ließ das Seitenfenster herunter und fuchtelte wild mit den Armen.

„Fahren sie zurück!"

Der Fahrer stieg aus, kam zu ihm heran und hob bedauernd die Arme.

„Wie stellen sie sich das vor? Ich kann bei den Kurven hier nicht mit dem Sattelzug zurückstoßen."

Auch der Fahrer des Unglücksfahrzeugs kam heran und betrachtete erschrocken die verlorene Fracht.

„Scheiße!" murmelte er und blieb reglos neben dem zerborstenen Behälter stehen. Die gelbe Flüssigkeit suchte schon ihren Weg die Straße hinunter, umschloss schon die Vorderräder ihres Wagens und strebte allmählich darunter hinweg.

„Ich muss weiter!" klagte Jörg und stieg aus. „Ich habe einen verdammt wichtigen Termin!"

Seine Schuhe versanken bis über die Sohlen in der Flüssigkeit. Sie war klebrig.

„Was ist das überhaupt? Es riecht so nach Honig."

„Ist es auch", bestätigte der Fahrer. „Bester, kalt geschleuderter Bienenhonig." Er nahm seine Schirmmütze vom Kopf und kratzte sich über das schüttere graue Haar. „So etwas ist mir noch nie passiert..."

„Und was nun?" fragte Jörg und legte seinen Arm um Claudia.

„Ich verständige die Polizei", meinte der andere Mann und stapfte an dem Honigstrom entlang zu seinem Fahrzeug.

„Wie lange wird das denn dauern bis wir weiterkönnen?" wollte Claudia wissen.

„Ein, zwei Stunden, wenn wir Glück haben."

„Nein, nein, nein!"

Jörg war zum Heulen zumute. Gerade heute, wo es so wichtig war, musste ihm das passieren. Eingekeilt zwischen zwei Lastzügen, auf einem Berg, inmitten eines Honigflusses. Wenn er das jemandem erzählen würde, man würde ihn für verrückt halten.

Die Zeit rückte immer weiter, unaufhörlich. Die Polizei hatte mittlerweile die Straße abgesperrt, und der Abschleppdienst versuchte die Reste des Behälters weg zu heben.

Jörg sah zum hundertsten Mal auf die Uhr und entschloss sich schließlich verzweifelnd, die Polizisten um Hilfe zu bitten.

„Das können wir nicht", sagte ein junger Beamter und schüttelte den Kopf. „Holen sie sich doch ein Taxi!"

Jörg schlug sich vor die Stirn. Daran hatte er überhaupt noch nicht gedacht.

Es dauerte nur ein paar Minuten, bis das Taxi bei ihnen war. Jörg gab seiner Frau noch einen Kuss auf die Stirn, sie wünschte ihn viel Erfolg und er fuhr ab.

Dr. Neubauer, der Verlagsleiter, empfing ihn persönlich und auf die Minute genau. Von seinem Manuskript war er begeistert.

„Wenn es bei den Lesern genauso gut ankommt wie bei mir, haben sie es geschafft!"

Jörgs Herz schlug wie wild vor Aufregung, und er war überglücklich über den Vertrag. Als ihn Dr. Neubauer schließlich an der Tür verabschiedete, fragte er plötzlich: „Können sie mir ihr Deodorant verraten? Es riecht so gut."

Dabei lächelte er verhalten.

Jörg lächelte zurück und sah unauffällig auf seine Schuhe, wo an den Sohlen noch der Honig klebte.

„Wenn ich ihnen das erzähle, wird daraus eine Geschichte. Und die werde ich ihnen zum gegebenen Zeitpunkt einmal zuschicken."

In kurzen Sätzen verriet er ihm den Vorfall, und Dr. Neubauer schüttelte ungläubig den Kopf.

„Wahrlich, ein guter Stoff für eine gute Kurzgeschichte."

Der Affe

Jacob suchte wie an jedem Abend das Plätzchen im Park neben dem Kaufhaus auf, und wie immer um diese Zeit war Joe gerade dabei, die gemeinsame Schlafstelle an der Bank mit alten Decken und seinem zerlumpten Mantel vorzubereiten. Schon seit Jahren lebten sie auf der Straße, ohne Arbeit, ohne Familie und nur mit der täglichen Geldstütze des Sozialamtes.

„Du bist heut´ aber früh da, Jaci."

Joe, der durch seinen wild wuchernden, angegrauten Vollbart älter aussah, als er in Wirklichkeit war – nämlich genau vierzig Jahre wie Jacob -, ließ sich auf der weichen Unterlage nieder und schraubte eine Flasche Schnaps auf.

„Ich hatte heute kein Glück beim Kaufhaus", sagte Jacob und meinte damit seinen täglichen Brotverdienst, das Betteln. „Je reicher die Leute werden, umso knauseriger sind sie."

„Ja ja, komm, trink einen Schluck mit mir."

Jacob warf seinen alten, zerknitterten Rucksack neben ihn und setzte sich zu Joe. Er betrachtete den Himmel, wo die Sonne allmählich hinter den Baumkronen versank.

„Heute Nacht wird´s kalt", stellte er fest, und Joe nickte. Ein Buchfink schmetterte irgendwo in den Bäumen; es war der erste, den sie in diesem Jahr hörten.

Jacob nahm einen kräftigen Schluck aus der Flasche, verzog genüsslich sein Gesicht, reichte sie Joe wieder zurück und stieß einen wohligen Laut aus.

„Alles Mist!" knurrte er schließlich. Sie starrten schweigend geradeaus.

Worüber sollten sie sich auch unterhalten? Es gab ja nichts, was der eine nicht über den anderen schon wusste. Keiner von ihnen war freiwillig hier. Von Joe wusste Jacob, dass er sogar studiert hatte. Ingenieur. Und arm war er offenbar auch nicht gewesen. Doch an alles, was Joe erzählte, durfte man auch nicht glauben. Und er erzählte sehr viel, wenn der Tag lang war, und die Tage arbeitsloser Herumtreiber waren furchtbar lang.

Joe nahm ihm die Flasche aus der Hand, trank wieder einen Schluck vom brennenden Fusel, wischte sich mit dem Handrücken den Bart trocken und räusperte sich.

„Ich darf gar nicht daran denken, wie gut es mir gegangen ist", sagte er dann und musterte seinen Freund von der Seite. „Habe ich dir überhaupt schon mal von der Geldgeschichte erzählt?"

Doch bevor Jacob etwas antworten konnte, fuhr er fort: „Das war wohl so vor zwanzig Jahren, glaube ich. In einem Spielkasino in Las Vegas. Die ganze Nacht hatte ich durchgespielt, meist Black Jack und Roulette – und nur gewonnen. Weißt du, was das für ein Gefühl ist, wenn du an der Kasse stehst und zusiehst, wie sie dir die ganzen Chips in Geldscheine umtauschen?"

Jacob schüttelte den Kopf.

„Kann ich mir nicht vorstellen. Gib mir lieber einen Schluck!"

Joe reichte ihm die Flasche und erzählte weiter.

„Fünfzigtausend Dollar bar auf die Hand!" Er wiegte den Kopf hin und her. „Aber man muss da verdammt vorsichtig sein mit so viel Kohle. Ich bin jedenfalls erst einmal ins Hotel, habe den Beutel mit dem Geld unters Kopfkissen gestopft und eine Runde geschlafen. Und nachmittags ist es passiert..."

Er trank einen Schluck.

„Was ist passiert?"

Obwohl Jacob sich ziemlich sicher war, dass Joe diese Geschichte erfunden hatte, wollte er es dennoch wissen.

„Also", begann Joe wieder, „ich bin am Nachmittag wach geworden und hab mich aufgemacht zur Bank. Ich weiß noch bis heute, wie schön das Wetter war: strahlend blauer Himmel, heiß – und in den Bars und Kneipen war Hochbetrieb. Und kurz vor der Bank sah ich plötzlich einige Leute, die aufgeregt an einer Palme standen und versuchten, einen Affen herunterzulocken, der wohl irgendjemandem entlaufen war. Mir jedenfalls war das egal. Doch in dem Moment, in dem ich in die Bank reingehen wollte, reißt mir einer den Beutel aus der hand – und nun rate mal, wer das war?"

„Der Affe natürlich."

„So ein Mistvieh", bestätigte Joe. „Und weißt du, was der Affe gemacht hat? Er ist gleich wieder auf die Palme rauf, hockt sich ganz oben hin und fängt an, die Scheine zu zählen!"

„Ah!" lachte Jacob. „Wie lange hat er denn gezählt?"

„Nicht lange!" Joe zwinkerte mit den Augen. „Er hielt den Beutel schließlich zu, geradeso, als wüsste er, wie wertvoll er war, und sprang dann auf das Dach der Bank hinüber."

„Der wusste, wo man das Geld am besten anlegt", scherzte Jacob.

„Aber das Schlimmste kommt noch, der Affe setzte sich auf den Dachfirst, grinste mich so richtig blöd an und begann, mit den Händen in den Scheinen herumzuwühlen."

„Der musste ja wissen, dass es ein schönes Gefühl ist, so viel Geld zu haben", meinte Jacob spöttisch und trank aus der Flasche. „Ich würde auch gern einmal in so viel Geld reinfassen."

„Wenn es nur das gewesen wäre, säße ich heute bestimmt nicht hier und würde dich unterhalten."

Joe hatte die Stirn in Falten gezogen, und Jacob war sich plötzlich nicht mehr so sicher, dass die Geschichte erfunden war.

„Immer mehr Schaulustige hatten sich eingefunden und freuten sich über die kleine Abwechslung mit dem Affen. Und ich glaube, dass niemand von ihnen ahnte, mit was der da oben spielte. Erst als die ersten Scheine herunterflatterten kam Bewegung in die Menge. Schließlich johlten und schrieen alle, stürzten sich wie eine wild gewordene Büffelherde auf den Geldsegen, den der Affe nun aus vollem Beutel herunterregnen ließ, und ich stand da, versuchte, etwas zu retten und die Leute auseinander zubringen – doch ohne Erfolg... Gib mir noch einen Schluck!"

Jacob sah Joe von der Seite an. Er schien frustriert.

„Siehst du, und so verlief mein ganzes Leben. Hatte ich schon mal Glück, kam gleich das Pech hinterher. Manchmal war das Pech auch schneller als das Glück, und nun hat es mich eingeholt, und ich sitze hier."

„Hauptsache wir sind gesund", versuchte Jacob ihn aufzumuntern.

Joe lächelte ihn an, und er wusste, dass er genauso wenig mit seinem Leben zufrieden war wie er.

Dennoch lächelten alle zwei versonnen, als sie an den Affen dachten.

Wie das Leben so spielt

Er öffnete für einen Moment die Augen, kniff sie aber gleich wieder zusammen und versuchte, weiter zu schlafen. Doch die Junisonne hatte den Spalt in der Jalousie gefunden und blendete ihn mit ihrem warmen und gleißendem Licht.

Hendrik erhob sich träge und nahm gähnend den Wecker vom Nachttisch. Neun Uhr. Er schob ihn zurück, dabei fiel sein Blick auf das Foto, das daneben stand. Hendrik nahm es, ließ sich ins Bett zurückfallen und begann wieder zu grübeln.

Ja, ohne Zweifel, der Bub neben dem Mädchen war er. Hendrik und Claudia, zwei Jahre alt, hatte jemand auf die Rückseite geschrieben. Es war eine schöne, etwas verschnörkelte Schrift.

Wer war diese Claudia? Eine Spielfreundin? Die Tochter früherer Nachbarn?

Es war eines der wenigen Erinnerungsfotos, die er aus dieser Zeit besaß. Die meisten Bilder stammten aus der Kamera seiner Pflegeeltern, nachdem sie ihn vom Jugendamt im zarten Alter von zwei Jahren zur Pflege zugewiesen bekommen hatten. Hendrik wusste nur durch sie, dass sich seine leiblichen Eltern in keiner Weise um ihn kümmerten.

Er musste mit den Tränen kämpfen. Nun hatte er niemanden mehr. Seine Pflegeeltern Rolf und Ines waren bei einem Autounfall vor sechs Wochen ums Leben gekommen, und er blieb zurück, wie schon einmal in seinem Leben, gerade mit der Schreinerlehre fertig, arbeitslos und in einer schönen, aber einsamen Wohnung allein. Mutterseelenallein.

Noch eine Weile blieb er liegen und hing seinen Gedanken nach. Ihn trieb es nicht, er hatte Zeit, viel Zeit. Auch dieser Tag würde so verlaufen wie die anderen zuvor. Zuerst zum Kiosk gehen, zwei, drei Tageszeitungen kaufen, um sie anschließend, während des einsamen Frühstücks nach Anzeigen durchzusehen. Er musste unbedingt einen Job finden, sonst fiel ihm irgendwann die Decke auf den Kopf.

Hendrik steckte das Foto in die Brieftasche und zog sich an.

Angenehm warm schien die Sonne. Freundlich wie immer gab ihm die alte Frau die gewünschten Zeitungen. Auf dem Weg nach Hause fiel zufällig sein Blick auf eine Bank, das Abseits an einem knorrigen Baum stand, und darunter sah er etwas liegen. Als er neugierig näher trat erkannte er eine Geldbörse.

Unauffällig spähte er um sich, nahm sie blitzschnell an sich und steckte sie unter sein Hemd. Dann lenkte er seine Schritte in den nah gelegenen Park und setzte sich an einen versteckt liegenden Platz auf einen Stein.

Sechshundert Euro hielt er in den Händen. Sie zitterten ein wenig vor Aufregung, sein Herz schlug vor Freude bis zum Hals hinauf. Was konnte man alles für sechshundert Euro alles kaufen! Es war verdammt viel Geld für ihn.

Er schob die Scheine zurück und zog den Ausweis heraus. Erna Schiebenberg, geboren am 10.10.39 in Danzig. Das Passfoto zeigte eine gutaussehende, gepflegte Dame mit schlohweißem Haar.

Nein, das Geld wollte er nun doch nicht behalten! Vielleicht hatte sie gerade ihre karge Rente verloren und musste nun bis zum Monatsende ohne einen Cent auskommen.

Nein, bei diesem Gedanken fühlte er sich schäbig.

Hendrik erhob sich, studierte die Adresse der Frau, die nicht weit von hier entfernt wohnte, und machte sich auf den Weg.

Es war ein vornehmes Viertel. Große, meist alte Villen mit ordentlich gepflegten Vorgärten.

Vor einer weißen Villa blieb er stehen. Auf dem Namensschild der Gartenpforte stand in goldenen Buchstaben `E. Schiebenberg´. Da er keine Klingel fand, trabte er den Kiesweg dem Hause zu.

Diese Frau konnte nicht arm sein, überlegte er. Wer hier wohnte, hatte garantiert eine Menge Kleingeld.

Seine Schritte wurden langsamer. Sollte er umkehren und das Geld doch behalten?

Unentschlossen blieb er stehen und wollte gerade den Weg zurückgehen, als sich die Tür öffnete und die Frau heraustrat. Sie hielt einen schwarzen Gehstock in der Hand und schien ihn noch nicht bemerkt zu haben. Ungeschickt öffnete sie den Briefkasten neben der Haustür und nahm die Post heraus. Als sie das Türchen wieder verschloss und sich umwandte, sah sie ihn. Misstrauische Blicke trafen ihn.

„Ja -? Wollen sie zu mir?"

Hendrik kam sich ertappt vor. „Ich..., ich wollte zu ihnen", begann er zu stottern.

„Zu mir?"

„Ich habe ihr Portemonnaie gefunden." Er stieg langsam die Stufen zur ihr hinauf und reichte es ihr.

„Mein Portemonnaie..." Ihr Blick änderte sich schlagartig. „Wirklich..., wo haben sie es denn gefunden?" Ihre knochigen Finger blätterten die Geldscheine durch.

„In der Nähe vom Park, unter einer Bank."

Mit ihrer dünnen, von Falten und Adern überzogenen Hand fasste sie ihn am Arm und bat ihn zu sich herein. „Kommen sie, kommen sie – und ich habe immer geglaubt, dass man auf unsere heutige Jugend keinen Cent mehr geben kann. Kommen sie, kommen sie!"

Sie schob hinter ihm die Tür zu. Die Kühle einer großen hohen Diele empfing ihn. Alte, bestimmt kostbare Ölgemälde und Wandteppiche ließen seine Schritte verhalten.

„Schön, nicht?" Frau Schiebenberg wusste wohl vom Staunen ihrer Gäste beim Eintreten in ihr Haus. „Kommen sie herein!"

Erst jetzt fiel ihm der leichte amerikanische Akzent auf. „Ich habe eigentlich gar keine Zeit", log er. Aus irgendeinem Grund fühlte er sich nicht wohl in seiner Haut.

„Ich möchte ihnen aber wenigstens einen Finderlohn zukommen lassen, junger Mann", erwiderte sie in ihrem singenden Ton. Doch er wehrte ab. „Frau Schiebenberg, ich möchte nichts haben." Im selben Moment hätte er sich ohrfeigen können.

„Aber eine Tasse Kaffee werden sie doch mit mir trinken", versuchte sie ihn zum Bleiben zu überreden.

„Vielen Dank für ihre Einladung", beharrte Hendrik, „aber ich habe heute wirklich wenig Zeit."

„Okay", meinte sie schließlich, „aber morgen Mittag, so gegen dreizehn Uhr – da können sie doch kommen, oder? Morgen ist Sonntag."

„Dreizehn Uhr?" fragte Hendrik irritiert.

„Ich möchte sie zum Mittagessen einladen. Schließlich möchte ich etwas mehr über so einen netten jungen Mann erfahren. Darf ich fragen, wie sie heißen?"

„Hendrik."

„Also Hendrik. Einverstanden?"

Er willigte ein und verabschiedete sich von ihr. Auf dem Rückweg ärgerte er sich. Warum war er so blöd und hatte den Finderlohn abgelehnt? Warum nur? Stattdessen würde er nun mit ihr zusammen Mittag essen – wie lächerlich! Er war sich noch nicht sicher, ob er wirklich hingehen würde.

Unter den alten Kastanienbäumen des Biergartens waren schon die meisten Tische besetzt. Hendrik fand einen Platz gegenüber einem älteren Herrn, der die Augen geschlossen hielt und sein Gesicht der Sonne zuwandte. Unter dem Tisch lag ein Schäferhund, schielte zu Hendrik hinauf und döste dann ebenfalls weiter.

Er bestellte sich ein Bier und ließ sich das Ereignis noch einmal durch den Kopf gehen. Sollte er sie doch besuchen? Immerhin, Zeit hatte er mehr als genug.

Er wurde durch den Hund aus seinen Gedanken gerissen. Leise begann er zu knurren.

„Sei ruhig, Murr!" schnarrte ihn der Mann mit dem Filzhut an, ohne dabei seine Augen zu öffnen.

Eine junge Frau, ungefähr in Hendriks Alter, blieb in ihrer Nähe stehen und sah sich nach einem freien Platz um. Ihr langes blondes Haar fiel bis auf ihre Schultern und glänzte seidig.

Er bewunderte ihre feinen Gesichtszüge, die zierliche Nase und die tadellose Figur, und als sie sich in seine Richtung umwandte, strahlten ihn für einen Augenblick ihre wasserblauen Augen an. Sie wollte an ihm vorbeigehen, da sprang plötzlich der Hund unter dem Tisch hervor und bellte so unvermittelt los, dass sie erschrocken zurückwich, stolperte und hingeschlagen wäre, hätte sie Hendrik nicht in letzter Sekunde aufgefangen.

Für einen Moment lag sie in seinen Armen, sprachlos und verunsichert, bevor sie sich wieder aufrichten konnte.

„Geh zurück, verdammt noch mal!" rief der Mann erbost und hieb leicht mit der Leine zum Hund hin. „Es ist mir peinlich, entschuldigen sie bitte. Aber mein Murr mag eben schöne Frauenbeine."

„Ha, ha." Die Frau lächelte süffisant, fuhr sich mit den Fingern durchs Haar und Hendrik merkte, dass ihr noch immer der Schreck in den Gliedern saß.

„Wenn sie wollen", bot ihr Hendrik an, „können sie sich her setzen. Es ist noch frei."

Sie äugte zu dem Schäferhund, der wieder seinen Platz unter dem Tisch bezogen hatte und der mit unschuldigen Augen zu ihr hinauf blinzelte, und setzte sich zu ihm.

„Danke!" sagte sie mit amerikanischem Akzent.

„Ist nicht der Rede wert."

Was für ein Zufall, dachte er. Erst die alter Frau die so sprach, und nun schon wieder jemand.

Sie bestellte ein Weißbier, stieß mit ihm an und wischte sich mit dem Handrücken den Schaum von den Lippen. „Kommen sie von hier?" wollte sie wissen.

„Ja, und sie?"

„Geboren schon, aber ich bin in den Staaten aufgewachsen. Nun studiere ich hier."

„Und was, wenn ich fragen darf?"

„Sie dürfen. – Architektur."

Hendrik beneidete sie. Intelligent, schön und nicht ein bisschen eingebildet, wie er bisher feststellen konnte. Sie gefiel ihm.

„Und was machen sie, ich meine beruflich?"

„Schreiner."

„Ah."

Er verschwieg, dass er arbeitslos war. Das musste sie nicht unbedingt wissen. Je mehr er sich mit ihr unterhielt, um so interessanter fand er sie. Was sie schon alles erlebt hatte: Ihr Vater arbeitete viele Jahre als Diplomat in den USA, Jamaika und Puerto Rico, und so lernte sie ebenfalls die Welt kennen. War mit ihren Eltern bei Anlässen und Empfängen zugegen und hatte sogar schon als Kind den US-Präsidenten persönlich gesehen.

„Ich muss los", riss sie ihn aus seiner Bewunderung. „Ich will meine Mutter nicht so lange warten lassen." Sie erhob sich und reichte ihm die Hand.

„Es war schön dich kennen zu lernen", sagte Hendrik mit einem Kloß im Hals, und ihm fiel noch nicht einmal auf, dass er sie duzte. Er war sich nicht schlüssig, ob er ihr einen Handkuss geben sollte oder nicht. Schließlich drückte er nur sanft ihre zarten Finger, sah in ein nettes, süßes Antlitz und folgte ihr mit den Augen, bis sie verschwunden war. Erst jetzt wurde ihm bewusst, dass er noch nicht einmal ihre Adresse hatte. Nicht einmal ihren Namen kannte er. Das wäre die Chance gewesen, sich mit ihr zu verabreden!

Er verwünschte sich, bestellte einen doppelten Obstler und versuchte, seinen Unmut hinunter zu spülen. –

Lust hatte er überhaupt nicht. Trotzdem folgte er der Einladung und läutete pünktlich bei Erna Schiebenberg.

Sie öffnete, kaum dass er den Finger vom Klingelknopf genommen hatte, die Tür und freute sich. „Dass sie kommen ist schön", sagte sie, nahm ihn an die Schulter, hängte seine Sommerjacke an die Garderobe und geleitete ihn in den Salon. Wirklich, sie hatte sich auf sein Kommen vorbereitet. Die Tafel war schon gedeckt.

Frau Schiebenberg bot ihm Platz an. „Ich hoffe, dass sie Appetit mitgebracht haben. Möchten sie zuvor einen Aperitif?"

Sie nahm ihm gegenüber Platz und hob das Gläschen. „Wohl bekommt´s."

„Auf ihre Gesundheit." Hendrik nahm einen winzigen Schluck und setzte behutsam das Glas auf den Tisch zurück. Noch nie in seinem Leben hatte er in solch einer feinen Gesellschaft gesessen. Er bemerkte, dass für drei Personen gedeckt war.

Sie trank den Sherry mit spitzen Lippen und musterte ihn dabei. „Meine Tochter ist auch zugegen. Ich werde sie ihnen gleich vorstellen."

Sie nippte und hielt dann ihr Gläschen in der Hand fest. „Entschuldigen sie, dass ich ein so neugieriges Weib bin, aber mich würde interessieren, was sie so machen? Ich meine beruflich?"

Hendrik antwortete ihr und verschwieg auch nicht, dass er momentan arbeitslos war. Warum sollte er auch?

„Sie sind bei einem Verkehrsunfall ums Leben gekommen", sagte er, als sie nach seinem Elternhaus fragte.

Ihr Gesicht nahm einen bedauernden Ausdruck an. „Es tut mir leid."

„Es waren meine Pflegeeltern." Er bereute es sogleich, dass er dies erwähnte. Es musste sich ja abwertend anhören.

Nach einem Moment der Stille fragte sie: „Und ihre richtigen Eltern?"

Hendrik hob die Schultern. „Meine Mutter hat sich nicht um mich gekümmert, und von meinem Vater weiß ich gar nichts."

Die Frau schüttelte mitfühlend ihren Kopf und drehte sich zur Tür, als ihre Tochter eintrat.

„Ah, Liebes – darf ich dir unseren Gast vorstellen: Das ist Herr Hendrik, ich hatte dir ja schon von ihm erzählt."

Hendrik sah zu ihr hin und bekam vor Überraschung und Aufregung den Mund nicht mehr zu. Auch die junge Frau blieb wie angewurzelt stehen.

„Sie?" stieß sie hervor.

„Du?"

Die alte Dame sah verwirrt von einem zum anderen. „Ihr kennt euch?"

Die Tochter lächelte, reichte Hendrik die Hand und setzte sich zwischen sie. „So kann man es sagen." Schließlich erzählte sie die Vorgeschichte.

„Na, das ist ja ein Zufall", lachte Frau Schiebenberg, „und einen Tag später sitzt ihr schon wieder zusammen, diesmal beim Mittagessen. Ach – Claudia, würdest du das Essen hereintragen? Sei so lieb."

„Natürlich, Ma." Sie lächelte beim Aufstehen Hendrik zu und verschwand für einen Augenblick, um gleich darauf mit einer dampfenden Schüssel hereinzukommen.

Hendrik überlegte. Claudia... Irgendwie kam ihm der Name bekannt vor. Doch bevor er weitergrübeln konnte, wurde er durch ihre Frage gestört: „Du magst doch Brokkolieintopf?"

Bevor er antworten konnte, hatte ihm Claudia den Teller gefüllt.

„Doch, schon. Danke!" In Wahrheit hatte er noch nie Brokkolieintopf gegessen.

Hendrik bereute es nicht, dass er die Einladung angenommen hatte. Nach der für ihn ungewohnt vornehm verlaufenden Mahlzeit saßen sie bis zum Nachmittag in dem kleinen Salon der Villa, tranken eine gute Flasche Wein und plauderten vor allem über Amerika, von wo sie erst vor wenigen Wochen hergezogen waren.

„Schade, dass sie schon gehen wollen", meinten sie einstimmig, als Hendrik sich für ihre Gastfreundschaft bedankte und sich anschickte zu gehen.

„Ach entschuldigen sie, dass ich sie so einfach überfalle", hielt ihn Frau Schiebenberg zurück, „aber könnten sie sich – bei Gelegenheit – einmal die Schuhkonsole ansehen? Es ist ein altes Erbstück und die Türen klemmen so furchtbar."

„Natürlich", sagte Hendrik, und gleichzeitig freute es ihn, dass er dadurch bestimmt wieder die Möglichkeit hatte, Claudia zu sehen. „Ich habe doch sowieso nichts zu tun."

„Prima", meinte Frau Schiebenberg. Sie begleitete ihn bis zur Diele.

„Wenn es ihnen recht ist, kann ich ja morgen bei ihnen vorbei kommen. Werkzeug bringe ich mit."

Sie war einverstanden. Hendrik nahm die Jacke vom Haken, dabei fiel sein Portemonnaie heraus und auch das Foto. Claudia bückte sich, hob es auf und wollte es ihm zurückgeben, als sie stutzte. Ihr Gesicht nahm einen fassungslosen Ausdruck an.

„Moment", flüsterte sie, reichte ihm das Bild und bat ihn mit zitternder Stimme, noch zu warten. Sie rannte zum Obergeschoss hinauf und kam gleich darauf zurück. In der Hand hielt sie ebenfalls ein Foto.

„Seht mal!"

Sie verglichen die Fotos. Hendrik war sprachlos. Wie kam sie an das gleiche Foto? Zwei Kinder, ein Mädchen und ein Junge, waren darauf abgebildet, und auf der Rückseite stand der gleiche Satz: `Hendrik und Claudia – zwei Jahre alt. ´

„Das gibt es nicht", hauchte das Mädchen.

„Ich glaube, es gibt eine Menge zu besprechen, Hendrik."

Er merkte nicht, dass ihn die alte Dame plötzlich duzte. Wer war diese Claudia? Und überhaupt – was bedeutete das alles?

Bis spät in die Nacht hinein saßen sie zusammen, und als er schließlich in die Dunkelheit trat und den zwei Frauen die Hände drückte, wusste er, dass er nicht mehr allein auf dieser Welt war. Nach achtzehn Jahren hatte er das kleine Mädchen gefunden, dass Claudia hieß und von dem er bis heute nicht gewusst hatte, dass es seine Schwester war.

Etwas verbittert trat er den Heimweg an. Ihn schockierten die Erklärung der alten Dame, dass ihr verstorbener Mann, der Diplomat, nur Claudia adoptieren wollte, und nicht die Geschwister zusammen.

Schade. Hendrik hätte ihm liebend gern seine Meinung gesagt. Doch dazu war es nun leider schon zu spät.